# Marcus Tullius Cicero

# De legibus libri tres

Antigonos

Marcus Tullius Cicero

# De legibus libri tres

Unveränderter Nachdruck der Originalausgabe von 1865.

1. Auflage 2024   |   ISBN: 978-3-38614-196-3

Antigonos Verlag ist ein Imprint der Outlook Verlagsgesellschaft mbH.

Verlag: Outlook Verlag GmbH, Zeilweg 44, 60439 Frankfurt, Deutschland, info@outlook-verlag.de
Vertretungsberechtigt: E. Roepke, Zeilweg 44, 60439 Frankfurt, Deutschland
Druck: Libri Plureos GmbH, Friedensallee 273, 22763 Hamburg, Deutschland

# M. TULLII CICERONIS

# DE LEGIBUS

## LIBRI TRES.

RECENSUIT

## J. G. BAITER.

*EDITIO STEREOTYPA.*

EX OFFICINA BERNHARDI TAUCHNITZ.

LIPSIAE MDCCCLXV.

# M. TULLII CICERONIS
# DE LEGIBUS
### LIBRI TRES.

---

### LIBER PRIMUS.
### ARGUMENTUM.

Cicero cum sex libris de re publica scriptis optimum rei publicae statum exposuisset, Platonis maxime exemplum secutus, hoc eodem auctore totidem libris etiam de legibus, quae in civitate a se constituta obtinendae essent, suam sententiam aperire voluit. Quod argumentum ita persecutus est, ut in colloquio, quod fingit se cum Quinto fratre et Attico suo a. u. 702. in Arpinati habuisse, eum locum pertractaret. Horum tamen librorum, quos neque perfecisse neque ipse edidisse videtur Tullius, non manserunt nisi tres eique non integri et librariorum erroribus valde corrupti, in quorum primo Cicero praemisso prooemio primum naturam iuris explicat eamque ab hominis natura repetit, deinde considerat quibus legibus civitas regi debeat, denique haec tractat, quae composita et descripta erant iura et iussa populorum, in his etiam populi Romani ius, quod civile dicitur (cap. 5). In hac autem disputatione usus est philosophorum more, non veterum illorum Socraticorum, Academicorum et Peripateticorum, sed eorum, qui quasi officinas instruxerunt sapientiae. Nam, quae veteres illi fuse ac libere disputare consueverant, ea Ciceronis temporibus, in primis a Stoicis, articulatim dissecta dicebantur, quod negabant satis fieri huic de legibus loco posse, nisi separatim de singulis capitibus disputaretur (cap. 13). Primus liber tamquam fontes omnium legum omnisque iuris aperit et ultimam legem dicit esse mentem dei optimi maximi, omnia ratione iubentis et vetantis, a qua hominum vera lex proficiscatur, quae est ratio sapientis, apta ad iubendum et vetandum (cf. II. cap. 4). Atque hoc est argumentum huius libri eamque scholam certis capitibus distinguit. Primum igitur docet a deo, cuius numine ac mente omnia regantur, praeclara quadam condicione generatum esse hominem; praeter alia enim bona soli ex omnium animantium generibus ac naturis attributam esse rationem, quae cum adoleverit atque perfecta sit, sapientia nominetur, ut homini cum deo rationis societas sit et, quia ratio lex sit, communio iuris et quasi quaedam adgnatio, quod a deo ratio sit ingenerata (cap. 7—9). Deinde ostendit (cap. 10. 11.) hominum inter

ipsos esse propter summam similitudinem et aequalitatem summam
societatem coniunctionemque; ex quo sequitur tertium, ad participandum alium ab alio communicandumque inter omnes ius nos
natura esse factos, efficiturque, quod quibusdam incredibile videtur, est autem necessarium, uti nihilo sese magis quisquam quam
alterum diligat (cap. 12). Ex his tribus tamquam principiis sua
sponte intelligere quisque potest natura ius, non opinione et iudicio
humano contineri (cap. 13—17). Sequitur alia brevis disputatio,
qua efficitur ius et omne honestum sua sponte esse expetendum
(cap. 18 sq.). Conclusio libri est de laudibus philosophiae et de
Academicorum veterum Peripateticorumque et Stoicorum de bono
et malo controversiis iisque magis de verbis quam de rebus.

------

¹₁    *Atticus.* Lucus quidem ille et haec Arpinatium quercus agnoscitur saepe a me lectus in Mario: si enim
manet illa quercus, haec est profecto; etenim est sane
vetus. *Quintus.* Manet vero, Attice noster, et semper
manebit: sata est enim ingenio; nullius autem agricolae
cultu stirps tam diuturna quam poëtae versu seminari
potest. *Att.* Quo tandem modo, Quinte? aut quale est
istuc, quod poëtae serunt? mihi enim videris fratrem
2 laudando suffragari tibi. *Q.* Sit ita sane: verum tamen,
dum Latinae loquentur litterae, quercus huic loco non
deerit, quae Mariana dicetur, eaque, ut ait Scaevola de
fratris mei Mario,

        canescet saeclis innumerabilibus;

nisi forte Athenae tuae sempiternam in arce oleam tenere potuerunt aut, quod Homericus Ulixes Deli se
proceram et teneram palmam vidisse dixit, hodie mon-
strant eandem; multaque alia multis locis diutius com-
memoratione manent quam natura stare potuerunt. qua
re glandifera illa quercus, ex qua olim evolavit

      nuntia fulva Iovis, miranda visa figura,

nunc sit haec. sed cum eam tempestas vetustasve con-
sumpserit, tamen erit his in locis quercus, quam Maria-
3 nam [quercum] vocabunt. *Att.* Non dubito id quidem;
sed hoc *non* iam ex te, Quinte, quaero, verum ex ipso
poëta, tuine versus hanc quercum severint, an ita factum
de Mario, ut scribis, acceperis. *Marcus.* Respondebo
tibi equidem, sed non ante quam mihi tu ipse responde-

ris, Attice, certene non longe a tuis aedibus inambulans
post excessum suum Romulus Proculo Iulio dixerit se
deum esse et Quirinum vocari templumque sibi dedicari
in eo loco iusserit, et verene Athenis non longe item a
tua illa antiqua domo Orithyiam Aquilo sustulerit; sic
enim est traditum. *Att.* Quorsum tandem aut cur ista 4
quaeris? *M.* Nihil sane, nisi ne nimis diligenter inqui-
ras in ea, quae isto modo memoriae sunt prodita. *Att.*
Atqui multa quaeruntur in Mario fictane an vera sint,
et a non nullis, quod et in recenti memoria et in Arpinati homine versere, veritas a te postulatur. *M.* Et me
hercule ego me cupio non mendacem putari, sed tamen
non nulli isti, Tite noster, faciunt inperite, qui in isto
periculo non ut a poëta, sed ut a teste veritatem exigant;
nec dubito quin idem et cum Egeria conlocutum Numam et ab aquila Tarquinio apicem inpositum putent.
*Q.* Intellego te, frater, alias in historia leges observan- 5
das putare, alias in poëmate. *M.* Quippe cum in illa
ad veritatem, Quinte, referantur, in hoc ad delectatio-
nem pleraque: quamquam et apud Herodotum, patrem
historiae, et apud Theopompum sunt innumerabiles fa-
bulae.

    *Att.* Teneo quam optabam occasionem neque omit- 2
tam. *M.* Quam tandem, Tite? *Att.* Postulatur a te iam
diu et flagitatur potius historia; sic enim putant, te illam
tractante effici posse ut in hoc etiam genere Graeciae
nihil cedamus. atque ut audias, quid ego ipse sentiam,
non solum mihi videris eorum studiis, qui in litteris de-
lectantur, sed etiam patriae debere hoc munus, ut ea,
quae salva per te est, per te eundem sit ornata; abest
enim historia litteris nostris, ut et ipse intellego et ex te
persaepe audio. potes autem tu profecto satis facere in
ea, quippe cum sit opus, ut tibi quidem videri solet,
unum hoc oratorium maxime. quam ob rem adgredere, 6
quaesumus, et sume ad hanc rem tempus, quae est a
nostris hominibus adhuc aut ignorata aut relicta; nam
post annalis pontificum maximorum, quibus nihil potest
esse *iniucundius,* si aut ad Fabium aut ad eum, qui tibi
semper in ore est, Catonem aut ad Pisonem aut ad Fan-
nium aut ad Vennonium venias, quamquam ex his alius

alio plus habet virium, tamen quid tam exile quam isti
omnes? Fannii autem aetati coniunctus Antipater paulo
inflavit vehementius habuitque viris agrestis ille quidem
atque horridas, sine nitore ac palaestra, sed tamen ad-
monere reliquos potuit ut accuratius scriberent. ecce
autem successere huic Gellius, Clodius, Asellio, nihil ad
Caelium, sed potius ad antiquorum languorem et insci-
7 tiam. nam quid Macrum numerem? cuius loquacitas
habet aliquid argutiarum, nec id tamen ex illa erudita
Graecorum copia, sed ex librariolis Latinis; in orationibus autem multa, sed inepta elatio, summa inpudentia.
Sisenna, meus amicus, omnis adhuc nostros scriptores,
nisi qui forte nondum ediderunt, de quibus existimare
non possumus, facile superavit; is tamen neque orator
in numero vestro umquam est habitus et in historia
puerile quiddam consectatur, ut unum Clitarchum neque praeterea quemquam de Graecis legisse videatur,
eum tamen velle dum taxat imitari: quem si adsequi
posset, aliquantum ab optumo tamen abesset. qua re
tuum est munus hoc, a te exspectatur, nisi quid Quinto
3
8 videtur secus. Q. Mihi vero nihil, et saepe de isto con-
locuti sumus; sed est quaedam inter nos parva dissensio.
*Att.* Quae tandem? *Q.* A quibus temporibus scribendi
capiatur exordium: ego enim ab ultimis censeo, quoniam
illa sic scripta sunt, ut ne legantur quidem, ipse autem
aequalem aetatis suae memoriam deposcit, ut ea con-
plectatur, quibus ipse interfuit. *Att.* Ego vero huic
potius adsentior; sunt enim maximae res in hac memoria atque aetate nostra; tum autem hominis amicissimi
Cn. Pompeii laudes inlustrabit, incurret etiam in illum
memorabilem annum suum: quae ab isto malo praedi-
cari quam, ut aiunt, de Remo et Romulo. *M.* Intellego
equidem a me istum laborem iam diu postulari, Attice:
quem non recusarem, si mihi ullum tribueretur vacuum
tempus et liberum; neque enim occupata opera neque
inpedito animo res tanta suscipi potest: utrumque opus
9 est, et cura vacare et negotio. *Att.* Quid? ad cetera
quae scripsisti plura quam quisquam e nostris, quod tibi
tandem tempus vacuum fuit concessum? *M.* Subsiciva
quaedam tempora incurrunt, quae ego perire non patior

ut, si qui dies ad rusticandum dati sint, ad eorum nu-
merum adcommodentur quae scribimus: historia vero
nec institui potest nisi praeparato otio nec exiguo tempore
absolvi; et ego animi pendere soleo, cum semel quid orsus
sum, si traducor alio, neque tam facile interrupta contexo
quam absolvo instituta. *Att.* Legationem aliquam ni- 10
mirum ista oratio postulat aut eius modi quampiam ces-
sionem liberam atque otiosam. *M.* Ego vero aetatis
potius vacationi confidebam, cum praesertim non recusarem quo minus more patrio sedens in solio consulenti-
bus responderem senectutisque non inertis grato atque
honesto fungerer munere. sic enim mihi liceret et isti
rei, quam desideras, et multis uberioribus atque maioribus operae quantum vellem dare. *Att.* Atqui vereor ne $\frac{4}{11}$
istam causam nemo noscat tibique semper dicendum sit,
et eo magis, quod te ipse mutasti et aliud dicendi instituisti genus, ut, quem ad modum Roscius, familiaris
tuus, in senectute numeros in cantu remiserat ipsasque
tardiores fecerat tibias, sic tu a contentionibus, quibus
summis uti solebas, cotidie relaxes aliquid ut iam oratio
tua . non multum a philosophorum lenitate absit: quod
sustinere cum vel summa senectus posse videatur, nullam tibi a causis vacationem video dari. *Q.* At me her- 12
cule ego arbitrabar posse id populo nostro probari, si te
ad ius respondendum dedisses: quam ob rem, cum pla-
cebit, experiundum tibi censeo. *M.* Si quidem, Quinte,
nullum esset in experiundo periculum: sed vereor ne,
dum minuere velim laborem, augeam atque ad illam
causarum operam, ad quam ego numquam nisi paratus
et meditatus accedo, adiungatur haec iuris interpretatio,
quae non tam mihi molesta sit propter laborem, quam
quod dicendi cogitationem auferat, sine qua ad nullam
maiorem umquam causam sum ausus accedere. *Att.* 13
Quin igitur ista ipsa explicas nobis his subsicivis, ut ais,
temporibus et conscribis de iure civili subtilius quam
ceteri? nam a primo tempore aetatis iuri studere te memini, cum ipse etiam ad Scaevolam ventitarem, neque
umquam mihi visus es ita te ad dicendum dedisse, ut
ius civile contemneres. *M.* In longum sermonem me
vocas, Attice, quem tamen, nisi Quintus aliud quid nos

agere mavolt, suscipiam et, quoniam vacui sumus, dicam. *Q.* Ego vero libenter audierim; quid enim agam
14 potius aut in quo melius hunc consumam diem? *M.*
Quin igitur ad illa spatia nostra sedisque pergimus? ubi,
cum satis erit ambulatum, requiescemus; nec profecto
nobis delectatio deerit aliud ex alio quaerentibus. *Att.*
Nos vero, et hac quidem [adire] si placet, per ripam et
umbram. sed iam ordire explicare, quaeso, de iure civili quid sentias. *M.* Egone? summos fuisse in civitate nostra viros, qui id interpretari populo et responsi-
tare soliti sint, sed eos magna professos in parvis esse
versatos. quid enim est tantum quantum ius civitatis?
quid autem tam exiguum quam est munus hoc eorum,
qui consuluntur? [quamquam est populo necessarium.]
nec vero eos, qui ei muneri praefuerunt, universi iuris
fuisse expertis existimo, sed hoc civile quod vocant
eatenus exercuerunt, quoad populo † praestare voluerunt; id autem ut cognitione tenue est, ita usu necessarium. quam ob rem quo me vocas? aut quid hortaris?
ut libellos conficiam de stillicidiorum ac de parietum
iure? an ut stipulationum et iudiciorum formulas conpo-
nam? quae et conscripta a multis sunt diligenter et sunt
5 humiliora quam illa, quae a nobis exspectari puto. *Att.*
15 Atqui, si quaeris, ego quid exspectem, quoniam scriptum est a te de optimo rei publicae statu, consequens
esse videtur ut scribas tu idem de legibus: sic enim fecisse video Platonem illum tuum, quem tu admiraris,
quem omnibus anteponis, quem maxime diligis. *M.* Visn
igitur, ut ille Crete cum Clinia et cum Lacedaemoni
Megillo aestivo, quem ad modum describit, die in cupres
setis Gnosiorum et spatiis silvestribus, crebro insisten
interdum adquiescens, de institutis rerum publicarum a
de optimis legibus disputavit, sic nos inter has proceri
simas populos in viridi opacaque ripa inambulantes, tu
autem residentes, quaeramus isdem de rebus aliqui
16 uberius quam forensis usus desiderat? *Att.* Ego ver
ista audire cupio. *M.* Quid ait Quintus? *Q.* Nulla d
re magis. *M.* Et recte quidem: nam sic habetote, null
in genere disputandi magis patefieri, quid sit homini n
tura tributum, quantam vim rerum optimarum men

humana contineat, cuius muneris colendi efficiendique
causa nati et in lucem editi simus, quae sit coniunctio
hominum, quae naturalis societas inter ipsos; his enim
explicatis fons legum et iuris inveniri potest. *Att.* Non 17
ergo a praetoris edicto, ut plerique nunc, neque a duodecim tabulis, ut superiores, sed penitus ex intima philosophia hauriendam iuris disciplinam putas. *M.* Non
enim id quaerimus hoc sermone, Pomponi, quem ad
modum caveamus in iure aut quid de quaque consulta-
tione respondeamus. sit ista res magna, sicut est, quae
quondam a multis claris viris, nunc ab uno summa auctoritate et scientia sustinetur, sed nobis ita conplectenda
in hac disputatione tota causa est universi iuris ac legum, ut hoc civile quod dicimus in parvum quendam et
angustum locum concludatur: natura enim iuris explicanda nobis est eaque ab hominis repetenda natura, con-
siderandae leges, quibus civitates regi debeant; tum
haec tractanda quae conposita sunt et descripta iura et
iussa populorum, in quibus ne nostri quidem populi late-
bunt quae vocantur iura civilia. *Q.* Alte vero et, ut 6
oportet, a capite, frater, repetis quod quaerimus; et qui 18
aliter ius civile tradunt, non tam iustitiae quam litigandi
tradunt vias. *M.* Non ita est, Quinte, ac potius ignora-
tio iuris litigiosa est quam scientia. sed hoc posterius:
nunc iuris principia videamus.

Igitur doctissimis viris proficisci placuit a lege, haud
scio an recte, si modo, ut idem definiunt, lex est ratio
summa, insita natura, quae iubet ea, quae facienda sunt,
prohibetque contraria: eadem ratio cum est in hominis
mente confirmata et perfecta, lex est. itaque arbitrantur 19
prudentiam esse legem, cuius ea vis sit, ut recte facere
iubeat, vetet delinquere; eamque rem illi Graeco putant
nomine *a* suum cuique tribuendo appellatam, ego nostro
a legendo: nam ut illi aequitatis, sic nos delectus vim
in lege ponimus, et proprium tamen utrumque legis est.
quod si ita recte dicitur, ut mihi quidem plerumque videri solet, a lege ducendum est iuris exordium; ea est
enim naturae vis, ea mens ratioque prudens, ea iuris
atque iniuriae regula. sed quoniam in populari ratione
omnis nostra versatur oratio, populariter interdum loqui

necesse erit et appellare eam legem, quae scripta sancit
quod volt aut iubendo *aut prohibendo*, ut volgus appellat; constituendi vero iuris ab illa summa lege capiamus
exordium, quae saeclis omnibus ante nata est quam scri-
20 pta lex ulla aut quam omnino civitas constituta. *Q.*
Commodius vero et ad rationem instituti sermonis sa-
pientius. *M.* Visne ergo ipsius iuris ortum a fonte re-
petamus? quo invento non erit dubium quo sint haec
referenda, quae quaerimus. *Q.* Ego vero ita esse faciendum censeo. *Att.* Me quoque adscribito fratris sententiae. *M.* Quoniam igitur eius rei publicae, quam
optimam esse docuit in illis sex libris Scipio, tenendus
est nobis et servandus status omnesque leges adcommo-
dandae ad illud civitatis genus, serendi etiam mores,
nec scriptis omnia sancienda, repetam stirpem iuris a
natura, qua duce nobis omnis est disputatio explicanda.
*Att.* Rectissime, et quidem ista duce errari nullo pacto
potest.

7      *M.* Dasne igitur hoc nobis, Pomponi, — nam Quinti
21 novi sententiam — deorum inmortalium vi, [natura,] ratione, potestate, mente, numine, sive quod est aliud verbum, quo planius significem quod volo, naturam omnem
regi? nam si hoc non probas, ab eo nobis causa or-
dienda est potissimum. *Att.* Do sane, si postulas; etenim propter hunc concentum avium strepitumque flumi-
num non vereor condiscipulorum ne quis exaudiat. *M.*
Atqui cavendum est; solent enim, id quod virorum bonorum est, admodum irasci, nec vero ferent, si audierint
te primum caput viri optimi prodidisse, in quo scripsit
22 'nihil curare deum nec sui nec alieni.' *Att.* Perge,
quaeso: nam id, quod tibi concessi, quorsus pertineat
exspecto. *M.* Non faciam longius; huc enim pertinet,
animal hoc providum, sagax, multiplex, acutum, memor,
plenum rationis et consilii, quem vocamus hominem,
praeclara quadam condicione generatum esse a supremo
deo. solum est enim ex tot animantium generibus atque naturis particeps rationis et cogitationis, cum cetera
sint omnia expertia. quid est autem non dicam in homine, sed in omni caelo atque terra, ratione diviniu s
quae cum adulevit atque perfecta est, nominatur rite sa-

pientia. est igitur, quoniam nihil est ratione melius 23
eaque *est* et in homine et in deo, prima homini cum deo
rationis societas; inter quos autem ratio, inter eosdem
etiam recta ratio communis est: quae cum sit lex., lege
quoque consociati homines cum dis putandi sumus. inter quos porro est communio legis, inter eos communio
iuris est; quibus autem haec sunt [inter eos] communia,
ei civitatis eiusdem habendi sunt. si vero isdem imperiis et potestatibus parent, multo iam magis; parent
autem huic caelesti discriptioni mentique divinae et
praepotenti deo, ut iam universus hic mundus una civitas communis deorum atque hominum existimanda *sit*.
et quod in civitatibus ratione quadam, de qua dicetur
idoneo loco, agnationibus familiarum distinguuntur status, id in rerum natura tanto est magnificentius tantoque praeclarius, ut homines deorum agnatione et gente
teneantur. nam cum de natura hominis quaeritur, dispu- 8
tari solet [nimirum ita sunt, ut disputantur], perpetuis 24
[cursibus] conversionibus caelestibus exstitisse quandam
maturitatem serendi generis humani, quod sparsum in
terras atque satum divino auctum sit animorum munere,
cumque alia quibus cohaererent homines e mortali genere sumpserint, quae fragilia essent et caduca, animum
esse ingeneratum a deo. ex quo vere vel agnatio nobis
cum caelestibus vel genus vel stirps appellari potest.
itaque ex tot generibus nullum est animal praeter hominem, quod habeat notitiam aliquam dei, ipsisque in hominibus nulla gens est neque tam mansueta neque tam
fera, quae non, etiam si ignoret qualem habere deum
deceat, tamen habendum sciat. ex quo efficitur illud, 25
ut is agnoscat deum, qui, unde ortus sit, quasi recorde-
tur. iam vero virtus eadem in homine ac deo est neque
alio ullo in genere praeterea; est autem virtus nihil
aliud nisi perfecta et ad summum perducta natura: est
igitur homini cum deo similitudo. quod cum ita sit,
quae tandem esse potest propior certiorve cognatio? itaque ad hominum commoditates et usus tantam rerum
ubertatem natura largita est, ut ea, quae gignuntur, do-
nata consulto nobis, non fortuito nata videantur, nec
solum ea, quae frugibus atque bacis terrae fetu profun-

duntur, sed etiam pecudes, quas perspicuum est partim esse ad usum hominum, partim ad fructum, partim ad 26 vescendum procreatas. artes vero innumerabiles repertae sunt, docente natura, quam imitata ratio res ad vi- 9 tam necessarias sollerter consecuta est. ipsum autem hominem eadem natura non solum celeritate mentis ornavit, sed ei sensus tamquam satellites‘ attribuit ac nuntios, et rerum plurimarum obscuras nec satis * * intellegentias inchoavit quasi fundamenta quaedam scientiae figuramque corporis habilem et aptam ingenio humano dedit: nam cum ceteras animantis abiecisset ad pastum, solum hominem erexit et ad caeli quasi cognationis domiciliique pristini conspectum excitavit, tum speciem ita formavit oris, ut in ea penitus reconditos 27 mores effingeret. nam et oculi mimi arguti, quem ad modum animo adfecti simus, loquuntur, et is, qui appellatur voltus, qui nullo in animante esse praeter hominem potest, indicat mores, cuius vim Graeci norunt, nomen omnino non habent. omitto opportunitates habilitatesque reliqui corporis, moderationem vocis, orationis vim, quae conciliatrix est humanae maxime societatis; neque enim omnia sunt huius disputationis ac temporis et hunc locum satis, ut mihi videtur, in iis libris, quos legistis, expressit Scipio. nunc quoniam hominem, quod principium reliquarum rerum esse voluit, generavit et ornavit deus, perspicuum sit illud, ne omnia disserantur, ipsam per se naturam longius progredi: quae etiam nullo docente profecta ab iis, quorum ex prima et inchoata intellegentia genera cognovit, confirmat ipsa per se rationem et perficit.

10
28     *Att.* Di inmortales, quam tu longe iuris principia repetis! atque ita, ut ego non modo ad illa non properem, quae exspectabam a te de iure civili, sed facile patiar te hunc diem vel totum in isto sermone consumere; sunt enim haec maiora, quae aliorum causa fortasse conplecteris, quam ipsa illa, quorum haec causa praeparantur. *M.* Sunt haec quidem magna, quae nunc breviter attinguntur, sed omnium, quae in hominum doctorum disputatione versantur, nihil est profecto praestabilius quam plane intellegi nos ad iustitiam esse natos,

neque opinione, sed natura constitutum esse ius. id iam
patebit, si hominum inter ipsos societatem coniunctionemque perspexeris; nihil est enim unum uni tam si- 29
mile, tam par, quam omnes inter nosmet ipsos sumus.
quod si depravatio consuetudinum, si opinionum vanitas
non inbecillitatem animorum torqueret et flecteret, quo-
cumque coepisset, sui nemo ipse tam similis esset quam
omnes sunt omnium; itaque quaecumque est hominis
definitio, una in omnis valet. quod argumenti satis est 30
nullam dissimilitudinem esse in genere: quae si esset,
non una omnis definitio contineret; etenim ratio, qua
una praestamus beluis, per quam coniectura valemus,
argumentamur, refellimus, disserimus, conficimus aliquid, [concludimus,] certe est communis, doctrina diffe-
rens, discendi quidem facultate par. nam et sensibus
eadem omnia comprehenduntur, et ea, quae movent sensus, itidem movent omnium, quaeque in animis inprimuntur, de quibus ante dixi, inchoatae intellegentiae,
similiter in omnibus inprimuntur, interpresque mentis
oratio verbis discrepat, sententiis congruens; nec est
quisquam gentis ullius, qui ducem *naturam* nactus ad
virtutem pervenire non possit.

Nec solum in rectis, sed etiam in pravitatibus in- $\frac{11}{31}$
signis est humani generis similitudo. nam et voluptate
capiuntur omnes, quae etsi est inlecebra turpitudinis,
tamen habet quiddam simile naturali bono, † levitatis
enim et suavitatis * * * delectans; sic ab errore mentis
tamquam salutare aliquid adsciscitur, similique inscientia
mors fugitur quasi dissolutio naturae, vita expetitur, quia
nos in quo nati sumus continet, dolor in maximis malis
ducitur, cum sua asperitate, tum quod naturae interitus
videtur sequi; propterque honestatis et gloriae similitu- 32
dinem beati qui honorati sunt videntur, miseri autem
qui sunt inglorii. molestiae, laetitiae, cupiditates, timo-
res similiter omnium mentis pervagantur, nec, si opiniones aliae sunt apud alios, idcirco qui canem et faelem ut
deos colunt, non eadem superstitione qua ceterae gentes
conflictantur. quae autem natio non comitatem, non
benignitatem, non gratum animum et beneficii memorem
diligit? quae superbos, [quae maleficos,] quae crudelis,

17*

quae ingratos non aspernatur, non odit? quibus ex rebus cum omne genus hominum sociatum inter se esse
intellegatur, illud extremum est, quod recte vivendi ratio *omnis* meliores efficit. quae si adprobatis, pergam
ad reliqua: sin quid requiritis, id explicemus prius. *Att.*
Nos vero nihil, ut pro utroque respondeam.

**12**
**33**

*M.* Sequitur igitur ad participandum alium alio communicandumque inter omnis ius nos natura esse factos.
atque hoc in omni hac disputatione sic intellegi volo, *ius*
quod dicam natura esse, tantam autem esse corruptelam
malae consuetudinis, ut ab ea tamquam igniculi exstin-
guantur a natura dati exorianturque et confirmentur
vitia contraria. quod si, quo modo est natura, sic iudicio homines humani, ut ait poëta, nihil a se alienum putarent, coleretur ius aeque ab omnibus. quibus enim
ratio natura data est, isdem etiam recta ratio data est,
ergo etiam lex, quae est recta ratio in iubendo et ve-
tando; si lex, ius quoque. et omnibus ratio; ius igitur
datum est omnibus. [recteque Socrates exsecrari eum
solebat, qui primus utilitatem naturae seiunxisset; id
enim querebatur caput esse exitiorum omnium: unde
34 enim illa Pythagorea vox. de amicitia locus.] * * * ex
quo perspicitur, cum hanc benevolentiam tam late longeque diffusam vir sapiens in aliquem pari virtute prae-
ditum contulerit, tum illud effici, quod quibusdam incredibile videatur, sit autem necessarium, ut nihilo sepse
plus quam alterum diligat: quid enim est quod diffe-
rat, cum sint cuncta paria? quod si interesse quippiam
tantulum modo potuerit in *amicitia,* amicitiae nomen iam
occiderit, cuius est ea vis, ut, simul atque sibi aliquid
alter maluerit, nulla sit. quae praemuniuntur omnia
reliquo sermoni disputationique nostrae, quo facilius ius
in natura esse positum intellegi possit; de quo cum perpauca dixero, tum ad ius civile veniam, ex quo haec
omnis est nata oratio.

**13**
**35**

*Q.* Tu vero iam perpauca scilicet; ex his enim, quae
dixisti, videtur mihi quidem certe ex natura ortum esse
ius. *Att.* An mihi aliter videri possit, cum haec iam
perfecta sint, primum quasi muneribus deorum nos esse
instructos et ornatos, secundo autem loco unam esse

hominum inter ipsos vivendi parem *et* communem rationem, deinde omnis inter se naturali quadam indulgentia et benevolentia, tum etiam societate iuris contineri? quae cum vera esse recte, ut arbitror, concesserimus, qui iam licet nobis a natura leges et iura seiungere? *M.* 36 Recte dicis, et res se sic habet. verum philosophorum more, non veterum quidem illorum, sed eorum, qui quasi officinas instruxerunt sapientiae, quae fuse olim disputabantur ac libere, ea nunc articulatim dissecta dicuntur; nec enim satis fieri censent huic loco, qui nunc est in manibus, nisi separatim hoc ipsum, natura esse ius, disputarint. *Att.* Aut scilicet tua libertas disserendi amissa est, aut tu is es, qui in disputando non tuum iudicium sequare, sed auctoritati aliorum pareas. *M.* Non semper, 37 Tite, sed iter huius sermonis quod sit vides: ad res publicas firmandas et ad stabiliendos iure et sanandos populos omnis nostra pergit oratio. quocirca vereor committere, ut non bene provisa et diligenter explorata principia ponantur, nec tamen ut omnibus probentur — nam id fieri non potest —, sed ut eis, qui omnia recta atque honesta per se expetenda duxerunt et aut nihil omnino in bonis numerandum, nisi quod per se ipsum laudabile esset, aut certe nullum habendum magnum bonum, nisi quod vere laudari sua sponte posset: — iis 38 omnibus, sive in Academia vetere cum Speusippo, Xenocrate, Polemone manserunt, sive Aristotelem et Theophrastum, cum illis congruentis re, genere docendi paulum differentis, secuti sunt, sive, ut Zenoni visum est, rebus non commutatis inmutaverunt vocabula, sive etiam Aristonis difficilem atque arduam, sed iam tamen fractam et convictam sectam secuti sunt, ut virtutibus exceptis atque vitiis cetera in summa aequalitate ponerent, iis omnibus haec, quae dixi, probentur. sibi autem in- 39 dulgentis et corpori deservientis atque omnia, quae sequantur in vita quaeque fugiant, voluptatibus et doloribus ponderantis, etiam si vera dicunt — nihil enim opus est hoc loco litibus —, in hortulis suis iubeamus dicere, atque etiam ab omni societate rei publicae, cuius partem nec norunt ullam neque umquam nosse voluerunt, paulisper facessant rogemus. perturbatricem autem harum omnium rerum Academiam, hanc ab Arcesila et Carneade recentem, exoremus ut sileat; nam si invaserit in haec, quae satis scite nobis instructa et conposita videntur, miseras edet ruinas: quam quidem ego placare cupio, submovere non audeo.

14
40
* * * nam et in iis sine ullis suffimentis expiati sumus: at vero scelerum in homines atque in *deos inpie*tatum nulla expiatio est; itaque poenas luunt non tam iudiciis — quae quondam nusquam erant, hodie multifariam nulla sunt, ubi sunt autem, persaepe falsa sunt —, sed eos agitant insectanturque furiae, non ardentibus taedis, sicut in fabulis, sed angore conscientiae fraudisque cruciatu. quod si homines ab iniuria poena, non natura arcere deberet, quaenam sollicitudo vexaret inpios sublato suppliciorum metu? quorum tamen nemo tam audax umquam fuit, quin aut abnueret a se commissum esse facinus aut iusti sui doloris causam aliquam fingeret defensionemque facinoris a naturae iure aliquo quaereret: quae si appellare audent inpii, quo tandem studio colentur a bonis? quod si poena, si metus supplicii, non ipsa turpitudo deterret ab iniuriosa facinerosaque vita, nemo est iniustus atque incauti potius

41 habendi sunt inprobi. tum autem qui non ipso honesto movemur ut boni viri simus, sed utilitate aliqua atque fructu, callidi sumus, non boni: nam quid faciet is homo in tenebris, qui nihil timet nisi testem et iudicem? quid in deserto quo loco nactus, quem multo auro spoliare possit, inbecillum atque solum? noster quidem hic natura iustus vir ac bonus etiam conloquetur, iuvabit, in viam deducet; is vero, qui nihil alterius causa faciet et metietur suis commodis omnia, videtis, credo, quid sit acturus: quod si negabit se illi vitam erepturum et aurum ablaturum, numquam ob eam causam negabit, quod id natura turpe iudicet, sed quod metuat ne emanet, id est, ne malum habeat. o rem dignam, in qua non modo docti, *sed* etiam agrestes erubescant!

15
42
Iam vero illud stultissimum, existimare omnia iusta esse, quae sancita sint in populorum institutis aut legibus. etiamne, si quae leges sunt tyrannorum? si triginta illi Athenis leges inponere voluissent aut si omnes

Athenienses delectarentur tyrannicis legibus, num idcirco
eae leges iustae haberentur? nihilo, credo, magis illa,
quam interrex noster tulit, ut dictator quem vellet civium [aut indicta causa] inpune posset occidere: est
enim unum ius, quo devincta est hominum societas et
quod lex constituit una; quae lex est recta ratio imperandi atque prohibendi: quam qui ignorat, is est iniustus, sive est illa scripta uspiam sive nusquam. quod
si iustitia est obtemperatio scriptis legibus institutisque
populorum et si, ut eidem dicunt, utilitate omnia me-
tienda sunt, negleget leges easque perrumpet, si poterit,
is, qui sibi eam rem fructuosam putabit fore; ita fit ut
nulla sit omnino iustitia, si neque natura est, ea*que*, quae
propter utilitatem constituitur, utilitate alia convellitur.
atque, si natura confirmatura ius non erit, *virtutes omnes* 43
tollentur: ubi enim liberalitas, ubi patriae caritas, ubi
pietas, ubi aut bene merendi de altero aut referendae
gratiae voluntas poterit exsistere? nam haec nascuntur
ex eo, quia natura propensi sumus ad diligendos homines, quod fundamentum iuris est. neque solum in homines obsequia, sed etiam in deos caerimoniae religio-
nesque tollentur, quas non metu, sed ea coniunctione,
quae est homini cum deo, conservandas puto. quod si 16
populorum iussis, si principum decretis, si sententiis
iudicum iura constituerentur, ius esset latrocinari, ius
adulterare, ius testamenta falsa supponere, si haec suffragiis aut scitis multitudinis probarentur. quod si tanta 44
potestas est stultorum sententiis atque iussis, ut eorum
suffragiis rerum natura vertatur, cur non sanciunt ut,
quae mala perniciosaque sunt, habeantur pro bonis et
salutaribus? aut cur ius ex iniuria lex facere possit,
bonum eadem facere non possit ex malo? atqui nos
legem bonam a mala nulla alia nisi naturae norma divi-
dere possumus; nec solum ius et iniuria natura diiudi-
catur, sed omnino omnia honesta et turpia. nam † et
communis intellegentia nobis notas res efficit, easque in
animis nostris inchoavit, *ut* honesta in virtute ponantur,
in vitiis turpia. ea autem in opinione existimare, non 45
in natura posita dementis est; nam nec arboris nec equi
virtus quae dicitur, in quo abutimur nomine, in opinione

sita est, sed in natura: quod si ita est, honesta quoque
et turpia natura diiudicanda sunt. nam si opinione universa virtus, eadem eius etiam partes probarentur: quis
igitur prudentem et, ut ita dicam, catum non ex ipsius
habitu, sed ex aliqua re externa iudicet? est enim virtus perfecta ratio, quod certe in natura est: igitur omnis
17 honestas eodem modo. nam ut vera et falsa, ut conse-
quentia et contraria sua sponte, non aliena iudicantur,
sic constans et perpetua ratio vitae, quae virtus est,
itemque inconstantia, quod est vitium, sua natura *iudi-
cabitur. an arboris aut equi ingenium natura* probabi-
46 mus, ingenia invenum non item? an ingenia natura,
virtutes et vitia, quae exsistunt ab ingeniis, aliter iudi-
cabuntur? an ea non aliter, honesta et turpia non ad
naturam referri necesse erit? quod laudabile est, bonum
in se habeat quod laudetur necesse est; ipsum enim bonum non est opinionibus, sed natura. nam, ni ita esset,
beati quoque opinione essent, quo quid dici potest stul-
tius? qua re cum et bonum et malum natura iudicetur
et ea sint principia naturae, certe honesta quoque et
turpia simili ratione diiudicanda et ad naturam referenda
47 sunt. sed perturbat nos opinionum varietas hominum-
que dissensio, et quia non idem contingit in sensibus,
hos natura certos putamus, illa, quae aliis sic, aliis secus
nec isdem semper uno modo videntur, ficta esse dicimus: quod est longe aliter. nam sensus nostros non
parens, non nutrix, non magister, non poëta, non scaena
depravat, non multitudinis consensus abducit a vero:
animis omnes tenduntur insidiae vel ab iis, quos modo
enumeravi, qui teneros et rudis cum acceperunt, infi-
ciunt et flectunt, ut volunt, vel ab ea, quae penitus in
omni sensu inplicata insidet, imitatrix boni, voluptas,
malorum autem mater omnium; cuius blanditiis corrupti,
quae natura bona sunt, quia dulcedine hac et scabie
carent, non cernunt satis.

18
48 Sequitur, ut conclusa mihi iam haec sit omnis oratio,
id quod ante oculos ex iis est, quae dicta sunt, et ius et
omne honestum sua sponte esse expetendum; etenim
omnes viri boni ipsam aequitatem et ius ipsum amant,
nec est viri boni errare et diligere quod per se non sit

diligendum: per se igitur ius est expetendum et colendum. quod si ius, etiam iustitia; si iustitia, reliquae
quoque virtutes per se colendae sunt. quid? liberalitas
gratuitane est an mercennaria? si sine praemio benignus
est, gratuita; si cum mercede, conducta. nec est dubium
quin is, qui liberalis benignusve dicitur, officium, non
fructum sequatur; ergo item iustitia nihil expetit prae-
mii, nihil pretii: per se igitur expetitur. eademque omnium virtutum causa atque sententia est. atque etiam 49
si emolumentis, non sua sponte virtus expetitur, una erit
virtus, quae malitia rectissime dicetur; ut enim quisque
maxume ad suum commodum refert quaecumque agit,
ita minime est vir bonus, ut qui virtutem praemio me-
tiuntur, nullam virtutem nisi malitiam putent: ubi enim
beneficus, si nemo alterius causa benigne facit? ubi
gratus, si non eum ipsi cernunt grati, cui referunt gra-
tiam? ubi illa sancta amicitia, si non ipse amicus per se
amatur toto pectore, ut dicitur? qui etiam deserendus et
abiciendus est desperatis emolumentis et fructibus: quo
quid potest dici inmanius? quod si amicitia per sē co-
lenda est, societas quoque hominum et aequalitas et
iustitia per se *est* expetenda: quod ni ita est, omnino
iustitia nulla est; id enim iniustissimum ipsum est, iustitiae mercedem quaerere.

Quid vero de modestia, quid de temperantia, quid 19
de continentia, quid de verecundia, pudore pudicitiaque 50
dicemus? infamiaene metu non esse petulantis an legum
et iudiciorum? innocentes ergo et verecundi sunt, ut
bene audiant, et ut rumorem bonum colligant, erube-
scunt; pudet etiam loqui de pudicitia: at me istorum
philosophorum pudet, qui ullum vitium vitari nisi vitio
ipso mutato putant. quid enim? possumus eos, qui a 51
stupro arcentur infamiae metu, pudicos dicere, cum ipsa
infamia propter rei turpitudinem consequatur? nam quid
aut laudari rite aut vituperari potest, si ab eo recesseris,
quod aut laudandum aut vituperandum putes? an corporis pravitates, si erunt perinsignes, habebunt aliquid
offensionis, animi deformitas non habebit? cuius turpitudo ex ipsis vitiis facillime perspici potest; quid enim
foedius avaritia, quid inmanius libidine, quid contemptius

timiditate, quid abiectius tarditate et stultitia dici potest? quid ergo? eos, qui singulis vitiis excellunt aut etiam pluribus, propter damna aut detrimenta aut cruciatus aliquos miseros esse dicimus an propter vim turpitudinemque vitiorum? quod item ad contrariam laudem in virtutem dici potest, postremo, si propter alias res virtus expetitur, melius esse aliquid quam virtutem necesse est: pecuniamne igitur an honores an formam an valetudinem? quae et, cum adsunt, perparva sunt, et, quam diu adfutura sint, certum sciri nullo modo potest; an, id quod turpissimum dictu est, voluptatem? at in ea quidem spernenda et repudianda virtus vel maxime cernitur.

Sed videtisne quanta series rerum sententiarumque sit atque ut ex alio alia nectantur? quin labebar longius, nisi me retinuissem. *Q.* Quo tandem? libenter enim, frater, † quod istam orationem tecum prolaberer. *M.* Ad finem bonorum, quo referuntur et cuius apiscendi causa sunt facienda omnia, controversam rem et plenam dissensionis inter doctissimos, sed aliquando iam iudicandam. *Att.* Qui istuc fieri potest L. Gellio mortuo? *M.* Quid tandem id ad rem? *Att.* Quoniam Athenis audire ex Phaedro meo memini Gellium, familiarem tuum, cum pro consule ex praetura in Graeciam venisset, Athenis philosophos, qui tum erant, in locum unum convocasse ipsisque magno opere auctorem fuisse, ut aliquando controversiarum aliquem facerent modum: quod si essent eo animo, ut nollent aetatem in litibus conterere, posse rem convenire, et simul operam suam illis esse pollicitum, si posset inter eos aliquid convenire. *M.* Ioculare istuc quidem, Pomponi, et a multis saepe derisum: sed ego plane vellem me arbitrum inter antiquam Academiam et Zenonem datum. *Att.* Quo tandem istuc modo? *M.* Quia de re una solum dissident, de ceteris mirifice congruunt. *Att.* Ain tandem? unane est solum dissensio? *M.* Quae quidem ad rem pertineat, una: quippe cum antiqui omne, quod secundum naturam esset *et quo* iuvaremur in vita, bonum esse decreverint, hic *nihil* nisi quod honestum esset putarit bonum. *Att.* Parvam vero controversiam dicis, at non eam, quae dirimat omnia. *M.* Probe quidem sentires, si re ac non verbis dissiderent.

*Att.* Ergo adsentiris Antiocho familiari meo — magistro enim non audeo dicere —, quocum vixi et qui me ex nostris paene convellit hortulis deduxitque in Academiam perpauculis passibus. *M.* Vir iste fuit ille *quidem* prudens et acutus et in suo genere perfectus mihique, ut scis, familiaris, cui tamen ego adsentiar in omnibus necne mox videro: hoc dico, controversiam totam istam posse sedari. *Att.* Qui istuc tandem vides? *M.* Quia, si, ut Chius Aristo dixit solum bonum esse quod honestum esset, malumque quod turpe, ceteras res omnis plane paris ac ne minimum quidem utrum adessent an abessent interesse, valde a Xenocrate et Aristotele et ab illa Platonis familia discreparet *et* esset inter eos de re maxima et de omni vivendi ratione dissensio: nunc vero, cum decus, quod antiqui summum bonum esse dixerant, hic solum bonum dicat, itemque dedecus illi summum malum, hic solum, divitias, valetudinem, pulchritudinem commodas res appellet, non bonas, paupertatem, debilitatem, dolorem incommodas, non malas, sentit idem quod Xenocrates, quod Aristoteles, loquitur alio modo. ex hac autem non rerum, sed verborum discordia controversia est nata de finibus; in qua, quoniam usus capionem duodecim tabulae intra quinque pedes esse noluerunt, depasci veterem possessionem Academiae ab hoc acuto homine non sinemus, nec Mamilia lege singuli, sed e xii tres arbitri finis regemus. *Q.* Quamnam igitur sententiam dicimus? *M.* Requiri placere terminos, quos Socrates pegerit, iisque parere. *Q.* Praeclare, frater, iam nunc a te verba usurpantur civilis iuris et legum, quo de genere exspecto disputationem tuam; nam ista quidem magna diiudicatio est, ut ex te ipso saepe cognovi. [sed certe ita res se habet, ut ex natura vivere summum bonum sit, id est, vita modica et apta *e* virtute perfrui, aut naturam sequi et eius quasi lege vivere, id est, nihil, quantum in ipso sit, praetermittere quo minus ea, quae natura postulet, consequatur, quod inter haec velit virtute tamquam lege vivere.] quapropter hoc diiudicari nescio an numquam, sed hoc sermone certe non potest, si quidem id, quod suscepimus, **22 57** perfecturi sumus. *Att.* At ego huc declinabam nec in-invitus. *Q.* Licebit alias: nunc id agamus, quod coepimus, cum praesertim ad id nihil pertineat haec de summo malo bonoque dissensio. *M.* Prudentissime, Quinte, dicis; nam quae a me adhuc dicta sunt * * * *. *Q.* Nec Lycurgi leges neque Solonis neque Charondae neque Zaleuci nec nostras duodecim tabulas nec plebiscita desidero, sed te existimo cum populis tum etiam singulis hodierno sermone leges vivendi et disciplinam **58** daturum. *M.* Est huius vero disputationis, Quinte, proprium id, quod exspectas, atque utinam esset etiam facultatis meae! sed profecto ita se res habet, ut, quoniam vitiorum emendatricem legem esse oportet commendatricemque virtutum, ab ea vivendi doctrina ducatur. ita fit ut mater omnium bonarum rerum sapientia *sit*, a cuius amore Graeco verbo philosophia nomen invenit, qua nihil a dis inmortalibus uberius, nihil florentius, nihil praestabilius hominum vitae datum est. haec enim una nos cum ceteras res omnis, tum, quod est difficillimum, docuit, ut nosmet ipsos nosceremus: cuius praecepti tanta vis et tanta sententia est, ut ea non homini **59** cuipiam, sed Delphico deo tribueretur. nam qui se ipse norit, primum aliquid se habere sentiet divinum ingeniumque in se suum sicut simulacrum aliquod dicatum putabit, tantoque munere deorum semper dignum aliquid et faciet et sentiet, et, cum se ipse temptarit totumque perspexerit, intelleget, quem ad modum a natura subornatus in vitam venerit quantaque instrumenta habeat ad obtinendam adipiscendamque sapientiam, quoniam principio rerum omnium quasi adumbratas intellegentias animo ac mente conceperit, quibus inlustratis sapientia duce bonum virum et ob eam ipsam causam **23 60** cernat se beatum fore. nam cum animus cognitis perceptisque virtutibus a corporis obsequio indulgentiaque discesserit voluptatemque sicut labem aliquam dedecoris oppresserit omnemque mortis dolorisque timorem effugerit societatemque caritatis coierit cum suis omnisque natura coniunctos suos duxerit cultumque deorum et puram religionem susceperit et exacuerit illam, ut

oculorum, sic ingenii aciem ad bona eligenda et rei-
cienda contraria, quae virtus ex providendo est appellata prudentia, quid eo dici aut cogitari poterit beatius?
idemque cum caelum, terras, maria rerumque omnium 61
naturam perspexerit, eaque unde generata quo recur-
rant, quando, quo modo obitura, quid in his mortale
et caducum, quid divinum aeternumque sit, viderit
ipsumque ea moderantem et regentem paene prende-
rit seseque non unius circumdati moenibus loci, sed
civem totius mundi quasi unius urbis agnoverit, in hac
ille magnificentia rerum atque in hoc conspectu et
cognitione naturae, di inmortales, quam se ipse noscet,
[quod Apollo praecepit Pythius,] quam contemnet, quam
despiciet, quam pro nihilo putabit ea, quae volgo dicun- 24
tur amplissima! atque haec omnia quasi saepimento 62
aliquo vallabit disserendi ratione, veri et falsi iudicandi
scientia et arte quadam intellegendi, quid quamque rem
sequatur et quid sit cuique contrarium. cumque se ad
civilem societatem natum senserit, non solum illa subtili
disputatione sibi utendum putabit, sed etiam fusa latius
perpetua oratione, qua regat populos, qua stabiliat leges,
qua castiget inprobos, qua tueatur bonos, qua laudet
claros viros, qua praecepta salutis et laudis apte ad per-
suadendum edat suis civibus, qua hortari ad decus, re-
vocare a flagitio, consolari possit adflictos factaque et
consulta fortium et sapientium cum inproborum ignominia sempiternis monumentis prodere. quae cum tot res
tantaeque sint, quae inesse in homine perspiciantur ab
iis, qui se ipsi velint nosse, earum parens est educatrix-
que sapientia. *Att.* Laudata quidem a te graviter et 63
vere: sed quorsus hoc pertinet? *M.* Primum ad ea,
Pomponi, de quibus acturi iam sumus, quae tanta esse
volumus; non enim erunt, nisi ea fuerint, unde illa ma-
nant, amplissima; deinde facio et lubenter et, ut spero,
recte, quod eam, cuius studio teneor quaeque me eum,
quicumque sum, effecit, non possum silentio praeterire.
*Att.* Tu vero facis *recte* et merito et ipse, fuitque id, ut
dicis, in hoc sermone faciundum.

# M. TULLII CICERONIS
## DE LEGIBUS
### LIBER SECUNDUS.

### ARGUMENTUM.

Cum ius omne vel divinum sit vel humanum, divini autem prima
necessario debeat esse cura, ab hoc merito initium fecit Cicero to-
tamque religionem hoc libro constituit.   Repetit autem disputationem ab aeterna illa et summa lege, quae est ratio divina et humana,
apta ad vetandum et iubendum (cap. 4).   Deinde ipsam proponit
legem, e legibus Numae et moribus Romanis ductam (cap. 8. 9),
praemisso prooemio de legis laudibus iisque propriis generis sui
(cap. 7).   Reliqua autem pars libri versatur in ista lege explicanda
et quasi suadenda, ut quibus de causis quaeque legis pars probetur
intellegatur.   In quo non solum Platonem aliosque Graecos philosophos imitatur, qui de legibus scripserunt (v. lib. III. cap. 5. 6),
sed etiam consuetudinem magistratuum Romanorum, qui in legibus ferendis rogandisque primum de universa legum laude et ne-
cessitate dicere, deinde a praecone scriba subiciente recitari legem,
tum ubi docendo, explicando rationibusque adferendis eam suase-
runt, populum discedere et datis tabellis in sua quemque tribu suffragium ferre iubere consueverunt (lib. III. cap. 4 extr.).

---

1
1
   *Atticus.*  Sed visne, quoniam et satis iam ambulatum est et tibi aliud dicendi initium sumendum est, locum mutemus et in insula, quae est in Fibreno — nam
*hoc,* opinor, illi alteri flumini nomen est —, sermoni reliquo demus operam sedentes?  *M.* Sane quidem; nam
illo loco libentissime soleo uti, sive quid mecum ipse
2 cogito sive quid scribo aut lego.  *Att.* Equidem, qui
nunc potissimum huc venerim, satiari non queo, magni-
ficasque villas et pavimenta marmorea et laqueata tecta
contemno; ductus vero aquarum, quos isti Nilos et Eu-
ripos vocant, quis non, cum haec videat, inriserit? itaque, ut tu paulo ante de lege et de iure disserens ad
naturam referebas omnia, sic in his ipsis rebus, quae ad
requietem animi delectationemque quaeruntur, natura

dominatur. qua re antea mirabar — nihil enim his in locis nisi saxa et montis cogitabam, itaque ut facerem et orationibus inducebar tuis et versibus —, sed mirabar, ut dixi, te tam valde hoc loco delectari: nunc contra miror te, cum Roma absis, usquam potius esse. *M.* Ego vero, cum licet pluris dies abesse, praesertim hoc tempore anni, et amoenitatem hanc et salubritatem sequor, raro autem licet. sed nimirum me alia quoque causa delectat, quae te non attingit. *Att.* Quae tandem ista causa est? *M.* Quia, si verum dicimus, haec est mea et huius fratris mei germana patria: hic enim orti stirpe antiquissima sumus; hic sacra, hic genus, hic maiorum multa vestigia. quid plura? hanc vides villam, ut nunc quidem est, lautius aedificatam patris nostri studio, qui cum esset infirma valetudine, hic fere aetatem egit in litteris: sed hoc ipso in loco, cum avus viveret et antiquo more parva esset villa, ut illa Curiana in Sabinis, me scito esse natum; qua re inest nescio quid et latet in animo ac sensu meo, quo me plus hic locus fortasse delectet, si quidem etiam ille sapientissimus vir, Ithacam ut videret, inmortalitatem scribitur repudiasse. *Att.* Ego vero tibi istam iustam causam puto, cur huc libentius venias atque hunc locum diligas: quin ipse, vere dicam, sum illi villae amicior modo factus atque huic omni solo, in quo tu ortus et procreatus es; movemur enim nescio quo pacto locis ipsis, in quibus eorum, quos diligimus aut admiramur, adsunt vestigia. me quidem ipsae illae nostrae Athenae non tam operibus magnificis exquisitisque antiquorum artibus delectant quam recordatione summorum virorum, ubi quisque habitare, ubi sedere, ubi disputare sit solitus, studioseque eorum etiam sepulcra contemplor: qua re istum, ubi tu es natus, plus amabo posthac locum. *M.* Gaudeo igitur me incunabula paene mea tibi ostendisse. *Att.* Equidem me cognosse admodum gaudeo. sed illud tamen quale est, quod paulo ante dixisti, hunc locum — id enim ego te accipio dicere Arpinum — germanam patriam esse vestram? quid? vos duas habetis patrias, an est una illa patria communis? nisi forte sapienti illi Catoni fuit patria non Roma, sed Tusculum. *M.* Ego me hercule et illi et omnibus municipibus duas esse censeo patrias, unam natu*rae*, *alter*am civitatis: ut ille Cato, cum esset Tusculi natus, in populi Romani civitatem susceptus est, ita, cum ortu Tusculanus esset, civitate Romanus, habuit alteram loci patriam, alteram iuris; ut vestri Attici, prius quam Theseus eos demigrare ex agris et in astu, quod appellatur, omnis se conferre iussit, et sui erant idem et Attici, sic nos et eam patriam ducimus, ubi nati, *et illam, a qua excepti* sumus. sed necesse est caritate eam praestare, qua rei publicae nomen universae civitatis est, pro qua mori et cui nos totos dedere et in qua nostra omnia ponere et quasi consecrare debemus. dulcis autem non multo secus est ea, quae genuit, quam illa, quae excepit. itaque ego hanc meam esse patriam prorsus numquam negabo, dum sit illa maior, haec in ea contineatur. *Att.* Recte igitur Magnus ille noster me audiente posuit in iudicio, cum pro Ampio tecum simul diceret, rem publicam nostram iustissimas huic municipio gratias agere posse, quod ex eo duo sui conservatores exstitissent, ut iam videar adduci hanc quoque, quae te procrearit, esse patriam tuam. sed ventum in insulam est; hac vero nihil est amoenius: etenim hoc quasi rostro finditur Fibrenus et divisus aequaliter in duas partis latera haec adluit rapideque dilapsus cito in unum confluit et tantum conplectitur quod satis sit modicae palaestrae loci. quo effecto, tamquam id habuerit operis ac muneris, ut hanc nobis efficeret sedem ad disputandum, statim praecipitat in Lirem et, quasi in familiam patriciam venerit, amittit nomen obscurius Liremque multo gelidiorem facit; nec enim ullum hoc frigidius flumen attigi, cum ad multa accesserim, ut vix pede temptare id possim, quod in Phaedro Platonis facit Socrates. *M.* Est vero ita, sed tamen huic amoenitati, quem ex Quinto saepe audio, Thyamis Epirotes tuus ille nihil, opinor, concesserit. *Q.* Est ita, ut dicis; cave enim putes Attici nostri Amalthio platanisque illis quicquam esse praeclarius. sed, si videtur, considamus hic in umbra atque ad eam partem sermonis, ex qua egressi sumus, revertamur. *M.* Praeclare exigis, Quinte, — at ego effugisse arbitrabar — et tibi horum nihil deberi potest. *Q.* Ordire igitur; nam hunc tibi totum dicamus diem.

*M.* 'A Iove Musarum primordia,' sicut in Aratio carmine orsi sumus. *Q.* Quorsum istuc? *M.* Quia nunc item ab eodem et a ceteris dis inmortalibus sunt nobis agendi capienda primordia. *Q.* Optime vero, frater, et fieri sic decet. *M.* Videamus igitur rursus, prius quam adgrediamur ad leges singulas, vim naturamque legis, ne, cum referenda sint ad eam nobis omnia, labamur interdum errore sermonis ignoremusque vim eius, quo iura nobis definienda sint. *Q.* Sane quidem hercule, et est ista recta docendi via. *M.* Hanc igitur video sapientissimorum fuisse sententiam, legem neque hominum ingeniis excogitatam nec scitum aliquod esse populorum, sed aeternum quiddam, quod universum mundum regeret imperandi prohibendique sapientia. ita principem legem illam et ultimam mentem esse dicebant omnia ratione aut cogentis aut vetantis dei: ex quo illa lex, quam di humano generi dederunt, recte est laudata; est enim ratio mensque sapientis ad iubendum et ad deterrendum idonea. *Q.* Aliquotiens iam iste locus a te tactus est; sed ante quam ad popularis leges venias, vim istius caelestis legis explana, si placet, ne aestus nos consuetudinis absorbeat et ad sermonis morem usitati trahat. *M.* A parvis enim, Quinte, didicimus 'si in ius vocat' atque alia eius modi leges nominare; sed vero intellegi sic oportet, et hoc et alia iussa ac vetita populorum vim habere ad recte facta vocandi et a peccatis avocandi, quae vis non modo senior est quam aetas populorum et civitatum, sed aequalis illius caelum atque terras tuentis et regentis dei. neque enim esse mens divina sine ratione potest, nec ratio divina non hanc vim in rectis pravisque sanciendis habet, nec, quia nusquam erat scriptum, ut contra omnis hostium copias in ponte unus adsisteret a tergoque pontem interscindi iuberet, idcirco minus Coclitem illum rem gessisse tantam fortitudinis lege atque imperio putabimus, nec, si regnante L. Tarquinio nulla erat Romae scripta lex de stupris, idcirco non contra illam legem sempiternam Sex. Tarquinius vim Lucretiae, Tricipitini filiae, attulit. erat enim

ratio, profecta a rerum natura, et ad recte faciendu
inpellens et a delicto avocans, quae non tum deniqu
incipit lex esse, cum scripta est, sed tum, cum orta est;
orta autem est simul cum mente divina. quam ob re
lex vera atque princeps apta ad iubendum et ad vetandum ratio est recta summi Iovis.

**5**
**11**    Q. Adsentior, frater, ut, quod est rectum, verum
*quo*que sit neque cum litteris, quibus scita scribuntur,
aut oriatur aut occidat. *M.* Ergo ut illa divina mens
summa lex est, item, cum in homine est perfecta, in
mente *est* sapientis; quae sunt autem varie et ad tempus
descriptae populis, favore magis quam re legum nomen
tenent. omnem enim legem, quae quidem recte lex appellari possit, esse laudabilem quibusdam talibus argu-
mentis docent. constat profecto ad salutem civium civitatumque incolumitatem vitamque hominum quietam e
beatam inventas esse leges, eosque, qui primum eius
modi scita sanxerint, populis ostendisse ea se scripturos
atque laturos, quibus illi adscitis susceptisque honeste
beateque viverent, quaeque ita conposita sanctaque e-
sent, eas leges videlicet nominarunt: ex quo intellegi par
est eos, qui perniciosa et iniusta populis iussa descripse-
rint, cum contra fecerint quam polliciti professique sint,
quidvis potius tulisse quam leges, ut perspicuum esse
possit in ipso nomine legis interpretando inesse vim e
**12** sententiam iusti et veri legendi. quaero igitur a te, Quinte,
sicut illi solent: quo si civitas careat, ob eam ipsam causam,
quod eo careat, pro nihilo habenda sit, id estne numerandum in bonis? *Q.* Ac maxumis quidem. *M.* Lege autem carens civitas estne ob *id* ipsum habenda nullo loco?
*Q.* Dici aliter non potest. *M.* Necesse est igitur legem ha-
**13** beri in rebus optimis. *Q.* Prorsus adsentior. *M.* Quid?
quod multa perniciose, multa pestifere sciscuntur in populis, quae non magis legis nomen attingunt, quam si
latrones aliquas consessu suo sanxerint. nam neque
medicorum praecepta dici vere possunt, si quae inscii
inperitique pro salutaribus mortifera conscripserunt, neque in populo lex, † cuicuimodi fuerit illa, etiam si per-
niciosum aliquid populus acceperit. ergo est lex iusto-
rum iniustorumque distinctio, ad illam antiquissimam e

rerum omnium principem expressa naturam, ad quam leges hominum diriguntur, quae supplicio inprobos adficiunt, defendunt ac tuentur bonos.  *Q.* Praeclare intellego, nec vero iam aliam esse ullam legem puto non modo habendam, sed ne appellandam quidem.  *M.* Igitur tu Titias et Apuleias leges nullas putas?  *Q.* Ego vero ne Livias quidem.  *M.* Et recte, quae praesertim uno versiculo senatus puncto temporis sublatae sint: lex autem illa, cuius vim explicavi, neque tolli neque abrogari potest.  *Q.* Eas tu igitur leges rogabis videlicet, quae numquam abrogentur.  *M.* Certe, si modo acceptae a duobus vobis erunt.  sed, ut vir doctissimus fecit Plato atque idem gravissimus philosophorum omnium, qui princeps de re publica conscripsit idemque separatim de legibus eius, idem mihi credo esse faciundum, ut, prius quam ipsam legem recitem, de eius legis laude dicam; quod idem etiam Zaleucum et Charondam fecisse video, cum quidem illi non studii et delectationis, sed rei publicae causa leges civitatibus suis scripserunt: quos imitatus Plato videlicet hoc quoque legis putavit esse, persuadere aliquid, non omnia vi ac minis cogere.  *Q.* Quid? quod Zaleucum istum negat ullum fuisse Timaeus?  *M.* At Theophrastus, auctor haud deterior mea quidem sententia — meliorem multi nominant — *commemorat*; commemorant vero ipsius cives, nostri clientes, Locri.  sed sive fuit sive non fuit, nihil ad rem: loquimur quod traditum est.

Sit igitur hoc iam a principio persuasum civibus, dominos esse omnium rerum ac moderatores deos eaque, quae gerantur, eorum geri dicione ac numine, eosdemque optime de genere hominum mereri et qualis quisque sit, quid agat, quid in se admittat, qua mente, qua pietate colat religiones, intueri piorumque et inpiorum habere rationem.  his enim rebus inbutae mentes haud sane abhorrebunt ab utili aut a vera sententia: quid est enim verius quam neminem esse oportere tam stulte adrogantem, ut in se rationem et mentem putet inesse, in caelo mundoque non putet? aut ut ea, quae vix summa ingenii *ratione conprehendat, nulla* ratione moveri putet? quem vero astrorum ordines, quem dierum nocti-

umque vicissitudines, quem mensum temperatio quemque ea, quae gignuntur nobis ad fruendum, non gratum
esse cogunt, hunc hominem omnino numerari qui decet
cumque omnia, quae rationem habent, praestent iis
quae sunt rationis expertia, nefasque sit dicere ullam
rem praestare naturae omnium rerum, rationem inesse
in ea confitendum est. utilis esse autem has opiniones
quis neget, cum intellegat quam multa firmentur iure
iurando, quantae saluti sint foederum religiones, quam
multos divini supplicii metus a scelere revocarit quamque sancta sit societas civium inter ipsos, dis inmortalibus interpositis tum iudicibus, *tum* testibus? habes legis
17 prooemium; sic enim appellat Plato. *Q.* Habeo vero,
frater, et in hoc admodum delector, quod in aliis rebus
aliisque sententiis versaris atque ille; nihil enim tam
dissimile quam vel ea, quae ante dixisti, vel hoc ipsum
de deis exordium: unum illud mihi videris imitari, orationis genus. *M.* Velle fortasse; quis enim id potes
aut umquam poterit imitari? nam sententias interpretari perfacile est; quod quidem ego facerem, nisi plane
esse vellem meus. quid enim negotii est eadem prope
verbis isdem conversa dicere? *Q.* Prorsus adsentior;
verum, ut modo tute dixisti, te esse malo tuum. sed
18 iam exprome, si placet, istas leges de religione. *M.* Ex-
promam equidem, ut potero, et quoniam et locus et
sermo familiaris est, legum [leges] voce proponam. *Q.*
Quidnam id est? *M.* Sunt certa legum verba, Quinte,
neque ita prisca, ut in veteribus xii sacratisque legibus,
et tamen, quo plus auctoritatis habeant, paulo antiquiora
quam hic sermo est: eum morem igitur cum brevitate,
si potuero, consequar. leges autem a me edentur non
perfectae — nam esset infinitum —, sed ipsae summae
rerum atque sententiae. *Q.* Ita vero necesse est; qua
re audiamus.

8
19    *M.* **Ad divos adeunto caste, pietatem adhi-
bento, opes amovento. qui secus faxit, deus
ipse vindex erit.**

   **Separatim nemo habessit deos neve novos
neve advenas nisi publice adscitos: privatim colunto quos rite a patribus** *adscitos acceperint.*

*In urbibus* delubra habento: lucos in agris habento et Larum sedes.

Ritus familiae patrumque servanto.

Divos et eos, qui caelestes semper habiti, colunto et ollos quos endo caelo merita locaverint, Herculem, Liberum, Aesculapium, Castorem, Pollucem, Quirinum, ast olla, propter quae datur homini adscensus in caelum, Mentem, Virtutem, Pietatem, Fidem, earumque laudum delubra sunto neve ulla vitiorum.

Sacra sollemnia obeunto.

Feriis iurgia *ne* movento easque in famulis operibus patratis habento; idque ut ita cadat in annuis anfractibus descriptum esto. certasque fruges certasque bacas [sacerdotes publice] libanto certis sacrificiis ac diebus. itemque 20 alios ad dies ubertatem lactis feturaeque servanto, idque ne omitti possit, ad eam rem raione cursus annuos sacerdotes finiunto. quaeque quoique divo decorae grataeque sint hostiae providento.

Divisque † aliis sacerdotes omnibus pontiices singulis flamines sunto. virginesque Vetales in urbe custodiunto ignem foci publici sempiternum.

Quoque haec privatim [et publice] modo riuque fiant discunto ignari a publicis sacerdotibus. eorum autem genera sunto tria: unum, quod praesit caerimoniis et sacris, alterum, quod interpretetur fatidicorum et vatium ecfata incognita, quae eorum senatus populusque adciverit. interpretes autem Iovis optumi maxumi, publici augures, signis et auspiciis ostenta vidento, disciplinam tenento, sacerdotesque *et* 21 vineta virgetaque et salutem populi auguranto, quique agent rem duelli quique pro populo rem, auspicium praemonento ollique obtemperanto. divorumque iras providento sisque adparento, caelique fulgura regionibus ratis temperanto, urbemque et agros templa liberata et ecfata habento. quaeque augur iniusta nefasta vitiosa dira deixerit, inrita infectaque sunto, quique non paruerit, capital esto.

9     Foederum, pacis [belli], indutiarum † oratorum fetiales iudices non sunto: bella disceptanto.

Prodigia, portenta ad Etruscos haruspices, si senatus iussit, deferunto, Etruriaque principes disciplinam doceto. quibus divis creverint, procuranto idemque fulgura atque obstita pianto.

Nocturna mulierum sacrificia ne sunto praeter olla, quae pro populo rite fient: neve quem initianto nisi, ut adsolet, Cereri Graeco sacro.

22     Sacrum commissum, quod nec expiari poterit, inpie commissum esto: quod expiari poterit, publici sacerdotes expianto.

Loedis publicis, † quod sine curriculo et sine certatione corporum fiat, popularem laetitiam [in] cantu et fidibus et tibiis moderanto eamque cum divum honore iungunto.

Ex patriis ritibus optuma colunto.

Praeter Idaeae matris famulos eosque iustis diebus ne quis stipem cogito.

Sacrum sacrove commendatum qui clepsit rapsitve parricida esto.

Periurii poena divina exitium, humana dedecus.

Incestum pontifices supremo supplicio sanciunto.

Inpius ne audeto placare donis iram deorum.

Caute vota reddunto: poena violati iuris esto.

Ne quis agrum consecrato. auri, argenti, eboris sacrandi modus esto.

Sacra privata perpetua manento.

Deorum Manium iura sancta sunto. sos leto datos divos habento; sumptum in ollos luctumque minuunto.

10
23     *Att.* Conclusa quidem est a te *tam* magna lex sane quam brevi, sed, ut mihi quidem videtur, non multum

discrepat ista constitutio religionum a legibus Numae
nostrisque moribus. *M.* An censes, cum in illis de re
publica libris persuadere videatur Africanus, omnium
rerum publicarum nostram veterem illam fuisse optu-
mam, non necesse esse optumae rei publicae leges dare
consentaneas? *Att.* Immo prorsus ita censeo. *M.* Ergo
adeo exspectate leges, quae genus illud optumum rei
publicae contineant, et, si quae forte a me hodie roga-
buntur, quae non sint in nostra re publica nec fuerint,
tamen erunt fere in more maiorum, qui tum ut lex vale-
bat. *Att.* Suade igitur, si placet, istam ipsam legem, ut 24
ego 'utei tu rogas' possim dicere. *M.* Ain tandem, Attice, non es dicturus aliter? *Att.* Prorsus maiorem quidem rem nullam sciscam aliter, in minoribus, si voles,
remittam hoc tibi. *Q.* Atque mea quidem *eadem* sententia est. *M.* At, ne longum fiat, videte. *Att.* Utinam
quidem! quid enim agere malumus?

*M.* Caste iubet lex adire ad deos, animo videlicet, in
quo sunt omnia; nec tollit castimoniam corporis, sed hoc
oportet intellegi, cum multum animus corpori praestet
observeturque, ut casta corpora adhibeantur, multo esse
in animis id servandum magis: nam illud vel aspersione
aquae vel dierum numero tollitur; animi labes nec diuturnitate evanescere nec amnibus ullis elui potest. quod 25
autem pietatem adhiberi, opes amoveri iubet, significat
probitatem gratam esse deo, sumptum esse removendum.
qui enim paupertatem cum divitiis etiam inter homines
esse aequalem velimus, cur eam sumptu ad sacra addito
deorum aditu arceamus? praesertim cum ipsi deo nihil
minus gratum futurum sit quam non omnibus patere ad
se placandum et colendum viam. quod autem non iu-
dex, sed deus ipse vindex constituitur, praesentis poenae
metu religio confirmari videtur. suosque deos aut novos
aut alienigenas coli confusionem habet religionum et
ignotas caerimonias *nostris* sacerdotibus. iam *a* patribus 26
acceptos deos ita placet coli, si huic legi paruerint ipsi
[patres].

Delubra esse in urbibus censeo, nec sequor Magos
Persarum, quibus auctoribus Xerses inflammasse templa
Graeciae dicitur, quod parietibus includerent deos, qui-

bus omnia deberent esse patentia ac libera quorumque
11 hic mundus omnis templum esset et domus. melius
Graeci atque nostri, qui ut augerent pietatem in deos,
easdem illos urbis quas nos incolere voluerunt; adfert
enim haec opinio religionem utilem civitatibus: si quidem et illud bene dictum est a Pythagora, doctissimo
viro, tum maxume et pietatem et religionem versari in
animis, cum rebus divinis operam daremus, et quod
Thales, qui sapientissimus in septem fuit, homines existimare oportere omnia *quae* cernerent deorum esse
plena; fore enim omnis castiores, veluti cum in fanis
essent maxime religiosis; est enim quaedam opinione
27 species deorum in oculis, non solum in mentibus. eandemque rationem luci habent in agris; neque ea, quae a
maioribus prodita est cum dominis tum famulis, posita
in fundi villaeque conspectu religio Larum repudianda est.

Iam ritus familiae patrumque servare id est, quoniam
antiquitas proxume accedit ad deos, a dis quasi traditam
religionem tueri. quod autem ex hominum genere con-
secratos, sicut Herculem et ceteros, coli lex iubet, indicat omnium quidem animos inmortalis esse, sed fortium
28 bonorumque divinos. bene vero, quod Mens, Pietas,
Virtus, Fides consecratur humana: quarum omnium
Romae dedicata publice templa sunt, ut illa qui habeant
— habent autem omnes boni — deos ipsos in animis
suis conlocatos putent. nam illud vitiosum Athenis,
quod, Cylonio scelere expiato, Epimenide Crete sua-
dente fecerunt Contumeliae fanum et Inpudentiae; virtutes enim, non vitia consecrare decet. araque vetusta
in Palatio Febris et altera Esquiliis Malae Fortunae de-
testanda atque omnia eius modi repudianda sunt. quod
si fingenda nomina, † Vicaepotae potius [vincendi] atque [potiundi] Statae [standi] cognominaque Statoris et
Invicti Iovis rerumque expetendarum nomina, Salutis,
Honoris, Opis, Victoriae; quoniamque exspectatione
rerum bonarum erigitur animus, recte etiam Spes a
Calatino consecrata est. Fortunaque, *quae* est vel Huius
diei — nam valet in omnis dies — vel Respiciens ad opem
ferendam, vel Fors, in quo incerti casus significantur
magis, vel Primigenia a gignendo, comes tum * * *

Feriarum festorumque dierum ratio in liberis requie- 12
tem litium habet et iurgiorum, in servis operum et labo- 29
rum; quas conpositio anni conferre debet ad perfectionem
operum rusticorum.  quod *ad* tempus ut [sacrificiorum]
libamenta serventur fetusque pecorum, quae dicta in
lege sunt, diligenter habenda ratio intercalandi est; quod
institutum perite a Numa posteriorum pontificum neglegentia dissolutum est.  iam illud ex institutis pontificum
et haruspicum non mutandum est, quibus hostiis immo-
landum cuique deo, cui maioribus, cui lactentibus, cui
maribus, cui feminis.  plures autem deorum omnium, singuli singulorum sacerdotes et respondendi iuris et confi-
ciendarum religionum facultatem adferunt.  cumque Vesta
quasi focum urbis, ut Graeco nomine est appellata, quod
nos prope idem Graecum, *non* interpretatum nomen tenemus, conplexa sit, ei colendae virgines praesint, ut advi-
giletur facilius ad custodiam ignis et sentiant mulieres
naturam feminarum omnem castitatem pati.

Quod sequitur vero, non solum ad religionem perti- 30
net, sed etiam ad civitatis statum, ut sine iis, qui sacris
publice praesint, religioni privatae satis facere non possint; continet enim rem publicam consilio et auctoritate
optimatium semper populum indigere, discriptioque sa-
cerdotum nullum iustae religionis genus praetermittit.
nam sunt ad placandos deos alii constituti, qui sacris
praesint sollemnibus, ad interpretanda alii praedicta
vatium, neque multorum, ne esset infinitum, neque ut
ea ipsa, quae suscepta publice essent, quisquam extra
conlegium nosset.  maximum autem et praestantissimum 31
in re publica ius est augurum cum auctoritate coniunctum.  neque vero hoc, quia sum ipse augur, ita sentio,
sed quia sic existimare nos est necesse.  quid enim
maius est, si de iure quaerimus, quam posse a summis
imperiis et summis potestatibus comitiatus et concilia
vel instituta dimittere vel habita rescindere? quid gravius quam rem susceptam dirimi, si unus augur 'alio
*die*' dixerit? quid magnificentius quam posse decernere,
ut magistratu se abdicent consules? quid religiosius
quam cum populo, cum. plebe agendi ius aut dare aut
non dare? [quid?] leges non iure rogatas tollere, ut

Titiam decreto conlegii, ut Livias consilio Philippi, consulis et auguris? nihil domi, nihil militiae per magistratus gestum sine eorum auctoritate posse cuiquam probari? *Att.* Age, iam ista video fateorque esse magna, sed est in conlegio vestro inter Marcellum et Appium, optimos augures, magna dissensio — nam eorum ego in libros incidi —, cum alteri placeat auspicia ista ad utilitatem esse rei publicae conposita, alteri disciplina vestra quasi divinari videatur posse: hac tu de re quaero quid sentias. *M.* Egone? divinationem, quam Graeci μαντικήν appellant, esse sentio et huius hanc ipsam partem, quae est in avibus ceterisque signis, † quod disciplinae nostrae: si enim deos esse concedimus eorumque mente mundum regi et eorum numen hominum consulere generi et posse nobis signa rerum futurarum ostendere, non video cur esse divinationem negem. sunt autem ea, quae posui, ex quibus id, quod volumus, efficitur et cogitur. iam vero permultorum exemplorum et nostra est plena res publica et omnia regna omnesque populi cunctaeque gentes, *ex* augurum praedictis multa incredibiliter vera cecidisse; neque enim Polyidi neque Melampodis neque Mopsi neque Amphiarai neque Calchantis neque Heleni tantum nomen fuisset, neque tot nationes id ad hoc tempus retinuissent, Arabum, Phrygum, Lycaonum, Cilicum maximeque Pisidarum, nisi vetustas ea certa esse docuisset. nec vero Romulus noster auspicato urbem condidisset, neque Atti Navii nomen memoria floreret tam diu, nisi omnes ii multa ad veritatem admirabilia dixissent. sed dubium non est quin haec disciplina et ars augurum evanuerit iam et vetustate et neglegentia: ita neque illi adsentior, qui hanc scientiam negat umquam in nostro collegio fuisse, neque illi, qui esse etiam nunc putat; quae mihi videtur apud maiores fuisse duplex, ut ad rei publicae tempus non numquam, ad agendi consilium saepissime pertineret. *Att.* Credo hercle ita esse istique rationi potissimum adsentior; sed redde cetera. *M.* Reddam vero et id, si potero, brevi: sequitur enim de iure belli; in quo et suscipiendo et gerendo et deponendo ius ut plurimum valeret et fides eorumque ut publici interpretes essent,

lege sanximus. iam de haruspicum religione, de expia-
tionibus et procurationibus satis esse iam in ipsa lege
dictum puto. *Att.* Adsentior, quoniam omnis haec in
religione versatur oratio. *M.* At vero quod sequitur
quo modo aut tu adsentiare *aut* ego reprehendam sane
quaero, Tite. *Att.* Quid tandem id est? *M.* De noctur- 35
nis sacrificiis mulierum. *Att.* Ego vero adsentior, excepto praesertim in ipsa lege sollemni sacrificio ac publico. *M.* Quid ergo aget Iacchus Eumolpidaeque nostri
et augusta illa mysteria, si quidem sacra nocturna tolli-
mus? non enim populo Romano, sed omnibus bonis
firmisque populis leges damus. *Att.* Excipis, credo, 36
illa, quibus ipsi initiati sumus. *M.* Ego vero excipiam:
nam mihi cum multa eximia divinaque videntur Athenae
tuae peperisse atque in vitam hominum attulisse, tum
nihil melius illis mysteriis, quibus ex agresti inmanique
vita exculti ad humanitatem et mitigati sumus, initiaque
ut appellantur, ita re vera principia vitae cognovimus;
neque solum cum laetitia vivendi rationem accepimus,
sed etiam cum spe meliore moriendi. quid autem mihi
displiceat in nocturnis, poëtae indicant comici; qua li-
centia Romae data quidnam egisset ille, qui in sacrifi-
cium cogitatam libidinem intulit, quo ne inprudentiam
quidem oculorum adici fas fuit? *Att.* Tu vero istam
Romae legem rogato: nobis nostras ne ademeris. *M.* 15
Ad nostras igitur revertor: quibus profecto diligentis- 37
sime sanciendum est, ut mulierum famam multorum
oculis lux clara custodiat, initienturque eo ritu Cereri
quo Romae initiantur; quo in genere severitatem maiorum senatus vetus auctoritas de Bacchanalibus et consulum exercitu adhibito quaestio [animadversio] declarat.
atque omnia nocturna, ne nos duriores forte videamur,
in media Graecia Diagondas Thebanus lege perpetua
sustulit; novos vero deos et in his colendis nocturnas
pervigilationes sic Aristophanes, facetissimus poëta vete-
ris comoediae, vexat, ut apud eum Sabazius et quidam
alii dei peregrini iudicati e civitate eiciantur. publicus
autem sacerdos inprudentiam consilio expiatam metu
liberet, audaciam in admittendis religionibus foedis
damnet atque inpiam iudicet.

38 Iam ludi publici quoniam sunt cavea circoque divisi, sit corporum certation*i* cursu et pugillatione curriculisque equorum usque ad certam victoriam circus constitutus, cavea cantu voce ac fidibus et tibiis, dum modo ea moderata sint, ut lege praescribitur. adsentior enim Platoni nihil tam facile in animos teneros atque mollis influere quam varios canendi sonos, quorum dici vix potest quanta sit vis in utramque partem: namque et incitat languentis et languefacit excitatos et tum remittit animos, tum contrahit, civitatumque hoc multarum in Graecia interfuit, antiquum vocum conservari modum; quarum mores lapsi ad mollitias pariter sunt immutati cum cantibus, aut hac dulcedine corruptelaque depravati, ut quidam putant, aut, cum severitas eorum ob alia vitia cecidisset, tum fuit in auribus animisque mutatis 39 etiam huic mutationi locus. quam ob rem ille quidem sapientissimus Graeciae vir longeque doctissimus valde hanc labem veretur; negat enim mutari posse musicas leges sine mutatione legum publicarum. ego autem nec tam valde id timendum nec plane contemnendum puto. † illud quidem, quae solebant quondam conpleri severitate iucunda Livianis et Naevianis modis, nunc ut eadem exsultant et cervices oculosque pariter cum. modorum flexionibus torquent! graviter olim ista vindicabat vetus illa Graecia, longe providens quam sensim pernicies inlapsa civium *in* animos malis studiis malisque doctrinis repente totas civitates everteret, si quidem illa severa Lacedaemo nervos iussit, quos plures quam septem haberet, in Timothei fidibus incidi.

16
40 Deinceps in lege est, ut de ritibus patriis colantur optumi: de quo cum consulerent Athenienses Apollinem Pythium, quas potissimum religiones tenerent, oraclum editum est 'eas quae essent in more maiorum.' quo cum iterum venissent maiorumque morem dixissent saepe esse mutatum quaesissentque, quem morem potissimum sequerentur e variis, respondit 'optumum.' et profecto ita est, ut id habendum sit antiquissimum et deo proximum, quod sit optimum.

Stipem sustulimus nisi eam, quam ad paucos dies propriam Idaeae Matris. excepimus; inplet enim superstitione animos et exhaurit domus.

Sacrilego poena est, neque ei soli, qui sacrum abstulerit, sed etiam ei, qui sacro commendatum; quod et 41 nunc multis fit in fanis, *et* Alexander in Cilicia deposuisse apud Solensis in delubro pecuniam dicitur et Atheniensis Clisthenes Iunoni Samiae, civis egregius, cum rebus timeret suis, filiarum dotis credidisse.

Iam de periuriis, de incesto nihil sane hoc quidem loco disputandum est.

Donis inpii ne placare audeant deos, Platonem audiant, qui vetat dubitare, qua sit mente futurus deus, cum vir nemo bonus ab inprobo se donari velit.

*De* diligentia votorum satis in lege dictum est † ac voti sponsio, qua obligamur deo. poena vero violatae religionis iustam recusationem non habet. quid ego hic sceleratorum utar exemplis, quorum plenae sunt tragoediae? quae ante oculos sunt, ea potius attingam. etsi haec commemoratio vereor ne supra hominis fortunam esse videatur, tamen, quoniam sermo mihi est apud vos, nihil reticebo volamque hoc, quod loquar, dis inmortalibus gratum potius videri quam grave hominibus. cum $\frac{17}{42}$ perditorum civium scelere discessu meo religionum iura polluta sunt, vexati nostri Lares familiares, in eorum sedibus exaedificatum templum Licentiae, pulsus a delubris is, qui illa servarat, circumspicite celeriter animo — nihil enim attinet quemquam nominari —, qui sint rerum exitus consecuti: nos, qui illam custodem urbis omnibus ereptis nostris rebus ac perditis violari ab inpiis passi non sumus eamque ex nostra domo in ipsius patris domum detulimus, iudicia senatus, Italiae, gentium denique omnium conservatae patriae consecuti sumus; quo quid accidere potuit homini praeclarius? quorum scelere religiones tum prostratae adflictaeque sunt, partim ex illis distracti ac dissipati iacent, qui vero ex iis et horum scelerum principes fuerant et praeter ceteros in omni religione inpii, non solum † vita cruciati atque dedecore, verum etiam sepultura et iustis exsequiarum caruerunt.

*Q.* Equidem ista agnosco, frater, et meritas dis gratias 43 ago, sed nimis saepe secus aliquanto videmus evadere.
*M.* Non enim, Quinte, recte existimamus, quae poena divina sit, sed opinionibus volgi rapimur in errorem nec

vera cernimus. morte aut dolore corporis aut luctu animi aut offensione iudicii hominum miserias ponderamus, quae fateor humana esse et multis bonis viris accidisse: sceleris est poena tristis et praeter eos eventus, qui sequuntur, per se ipsa maxima est. vidimus eos, qui, nisi odissent patriam, numquam inimici nobis fuissent, ardentis tum cupiditate, tum metu, tum conscientia, *quidquid* agerent, modo timentis, vicissim contemnentis religiones, iudicia perrupta ab isdem [corrupta] hominum, 44 non deorum. reprimam iam me, non insequar longius, eoque minus, quo plus poenarum habeo quam petivi; tantum ponam brevi, duplicem esse poenam divinam eamque constare et ex vexandis vivorum animis et ex fama mortuorum, ut eorum exitium et indicio vivorum et gaudio conprobetur.

18
45
Agri autem ne consecrentur, Platoni prorsus adsentior, qui, si modo interpretari potuero, his fere verbis utitur: 'terra igitur, ut focus domiciliorum, sacra deorum omnium est; quocirca ne quis iterum idem consecrato. aurum autem et argentum in urbibus et privatim et in fanis invidiosa res est. tum ebur ex inani corpore extractum haud satis castum donum deo. iam aes atque ferrum duelli instrumenta, non fani. ligneum autem quod*cum*que *quis* voluerit uno e ligno dicato, itemque lapideum, in delubris communibus; textile ne operosius quam mulieris opus menstruum. color autem albus praecipue decorus deo est cum in ceteris, tum maxime in textili: tincta vero absint nisi a bellicis insignibus. divinissima autem dona aves et formae ab uno pictore uno absolutae die, itemque cetera huius exempli dona sunto.' haec illi placent. sed ego cetera non tam restricte praefinio, vel hominum vitiis vel insidiis temporum victus: terrae cultum segniorem suspicor fore, si ad eam utendam ferroque subigendam superstitionis aliquid accesserit.

*Att.* Habeo ista: nunc de sacris perpetuis et de Manium iure restat. *M.* O miram memoriam, Pomponi, 46 tuam! at mihi ista exciderant. *Att.* Ita credo, sed tamen hoc magis eas res et memini et exspecto, quod ad pontificium ius et ad civile pertinent. *M.* Vero, et a

peritissimis sunt istis de rebus et responsa et scripta
multa, et ego in hoc omni sermone nostro, quod ad
cumque legis genus me disputatio nostra deduxerit,
tractabo quoad potero eius ipsius generis ius civile nostrum, sed ita, locus ut ipse notus sit, ex quo ducatur
quaeque pars iuris, ut non difficile sit, qui modo ingenio
sit mediocri, quaecumque nova causa consultatiove acci-
derit, eius tenere ius, cum scias a quo sit capite repeten-
dum. sed iuris consulti, sive erroris obiciundi causa, quo plura et difficiliora scire videantur, sive, quod simi-
lius veri est, ignoratione docendi — nam non solum
scire aliquid artis est, sed quaedam ars *est* etiam docendi
— saepe, quod positum est in una cognitione, id *in* infi-
nitam dispertiuntur: velut in hoc ipso genere, quam
magnum illud Scaevolae faciunt, pontifices ambo et
eidem iuris peritissimi! 'saepe' inquit Publii filius 'ex
patre audivi pontificem bonum neminem esse nisi qui
ius civile cognosset.' totumne? quid ita? quid enim ad
pontificem de iure parietum aut aquarum aut ullo omnino nisi eo, quod cum religione coniunctum est? id
autem quantulum est! de sacris, credo, de votis, de
feriis et de sepulcris et si quid eius modi est. cur igitur
haec tanta facimus, cum cetera perparva sint, de sacris
autem, qui locus patet latius, haec sit una sententia, ut
conserventur semper et deinceps familiis prodantur, et,
ut in lege posui, perpetua sint [sacra]? [exposite haec
iura pontificum auctoritate consecuta sunt, ut ne morte
patris familias sacrorum memoria occideret, iis essent ea
adiuncta, ad quos eiusdem morte pecunia venerit.] hoc
uno posito, quod est ad cognitionem disciplinae satis,
innumerabilia nascuntur, quibus inplentur iuris consul-
torum libri; quaeritur enim, qui adstringantur sacris.
heredum causa iustissima est; nulla est enim persona,
quae ad vicem eius, qui e vita emigrarit, propius acce-
dat. deinde, qui morte testamentove eius tantundem
capiat quantum omnes heredes: id quoque ordine; est
enim ad id, quod positum est, adcommodatum. tertio
loco, si nemo sit heres, is, qui de bonis, quae eius fuerint, cum moritur, usu ceperit plurimum possidendo.
quarto, qui, si nemo sit qui ullam rem ceperit, de credi-

49 toribus eius plurimum servet. extrema illa persona est,
ut, si is, qui ei, qui mortuus sit, pecuniam debuerit, nemini eam solverit, proinde habeatur quasi eam pecuniam
20 ceperit. haec nos a Scaevola didicimus, non ita descripta ab antiquis. nam illi quidem his verbis doce-
bant, tribus modis sacris adstringi: hereditate, aut si
maiorem partem pecuniae capiat, aut [si maior pars pe-
50 cuniae legata est] si inde quippiam ceperit. sed pontificem sequamur. videtis igitur omnia pendere ex uno
illo, quod pontifices cum pecunia sacra coniungi volunt
isdemque hereditates et caerimonias adscribendas putant.
atque etiam dant hoc Scaevolae, [quod est partitio,] ut,
si in testamento deductio scripta non sit ipsique minus
ceperint, quam omnibus heredibus relinquatur, sacris ne
adligentur. in donatione hoc idem secus interpretantur:
quod pater familias in eius donatione, qui in ipsius potestate est, adprobavit, ratum est; quod eo insciente
51 factum est, si id is non adprobat, ratum non est. his
propositis quaestiunculae multae nascuntur, quas qui
intellegat non, si ad caput referat, per se ipse facile
perspiciat? veluti, si minus quis cepisset, ne sacris ad-
ligaretur, et post de eius heredibus aliquis exegisset pro
sua parte id, quod ab eo, cui ipse heres esset, praeter-
missum fuisset, eaque pecunia non minor esset facta
cum superiore exactione, quam heredibus omnibus esset
relicta, qui eam pecuniam exegisset, solum sine cohere-
dibus sacris adligari. quin etiam cavent, ut, cui plus
legatum sit, quam sine religione capere liceat, is per aes
et libram heredes testamenti solvat, propterea quod eo
loco res est ita soluta hereditate, quasi ea pecunia legata
21 non esset. hoc ego loco multisque aliis quaero a vobis,
52 Scaevolae, pontifices maximi et homines meo quidem
iudicio acutissimi, quid sit quod ad ius pontificium civile
adpetatis; civilis enim iuris scientia pontificium quodam
modo tollitis. nam sacra cum pecunia pontificum auctoritate, nulla lege coniuncta sunt; itaque si vos tantum
modo pontifices essetis, pontificalis maneret auctoritas,
sed quod idem iuris civilis estis peritissimi, hac scientia
illam eluditis. placuit P. Scaevolae et Ti. Coruncanio,
pontificibus maximis, itemque ceteris, eos, qui tantundem

caperent, quantum omnes heredes, sacris adligari. habeo
ius pontificium. quid huc accessit ex iure civili? parti- 53
tionis caput scriptum caute, ut centum nummi deduce-
rentur: inventa est ratio, cur pecunia sacrorum molestia
liberaretur. quod si hoc, qui testamentum faciebat,
cavere noluisset, admonet iuris consultus hic quidem
ipse Mucius, pontifex idem, ut minus capiat quam
omnibus heredibus relinquatur. superiores dicebant,
quicquid cepisset, adstringi: rursus sacris liberantur.
hoc vero nihil ad pontificium ius, sed e medio est iure
civili, ut per aes et libram heredem testamenti solvant
et eodem loco res sit, quasi ea pecunia legata non esset,
si is, cui legatum est, stipulatus est id ipsum, quod legatum est, ut ea pecunia ex stipulatione debeatur, sitque
ea non *adligata sacris.*

*Venio ad Manium iura, quae maiores nostri et sapien-* 54
*tissime instituerunt et religiosissime coluerunt. Februario*
*autem mense, qui tum extremus anni mensis erat, mortuis*
*parentari voluerunt, quod tamen D. Brutus, ut scriptum*
*a Sisenna est, Decembri facere solebat. cuius ego rei*
*causam cum mecum quaererem, Brutum reperiebam idcirco*
*a more maiorum discessisse — nam Sisennam video cau-*
*sam cur is vetus institutum non servarit ignorare. Bru-*
*tum autem maiorum nostrorum institutum temere ne-*
*glexisse, non fit mihi veri simile,* doctum hominem sane,
cuius fuit Accius perfamiliaris —, sed mensem, credo,
extremum anni, ut veteres Februarium, sic hic Decem-
brem sequebatur. hostia autem maxima parentare, pie-
tatis esse [adiunctum] putabat.

Iam tanta religio est sepulcrorum, ut extra sacra et $\frac{22}{55}$
gentem inferri fas negent esse, idque apud maiores nostros A. Torquatus in gente Popilia iudicavit. nec vero
tam denicales, quae a nece appellatae sunt, quia resi-
dent mortui, quam ceterorum caelestium quieti dies
feriae nominarentur, nisi maiores eos, qui ex hac vita
migrassent, in deorum numero esse voluissent. eas in
eos dies conferre ius *est,* ut ipsius neque publicae feriae
sint, totaque huius iuris conpositio pontificalis magnam
religionem caerimoniamque declaret; neque necesse est
edisseri a nobis, quae finis funestae familiae, quod genus

sacrificii Lari [verbecibus] fiat, quem ad modum os resectum terra obtegatur quaeque in porca contracta iura sint, quo tempore incipiat sepulcrum esse et re-
56 ligione teneatur. ac mihi quidem antiquissimum sepulturae genus illud fuisse videtur, quo apud Xenophontem Cyrus utitur: redditur enim terrae corpus et ita locatum ac situm quasi operimento matris obducitur. eodemque ritu in eo sepulcro, quod *haud* procul a Fontis ara est, regem nostrum Numam conditum accepimus gentemque Corneliam usque ad memoriam nostram hac sepultura scimus esse usam. C. Marii sitas reliquias apud Anienem dissipari iussit Sulla victor, acerbiore odio incitatus, quam * * sapiens fuisset quam fuit vehe-
57 mens. quod haud scio an timens *ne* suo corpori posset accidere, primus e patriciis Corneliis igni voluit cremari. declarat enim Ennius de Africano: 'hic est ille situs.' vere; nam siti dicuntur ii, qui conditi sunt. nec tamen eorum ante sepulcrum est, quam iusta facta et porcus caesus est. et quod nunc communiter in omnibus sepultis venit usu, *ut* humati dicantur, id erat proprium tum in iis, quos humus iniecta contexerat, eumque morem ius pontificale confirmat. nam prius quam in os iniecta gleba est, locus ille, ubi crematum est corpus, nihil habet religionis: iniecta gleba tumulus [et humatus est ex gleba] vocatur, ac tum denique multa religiosa iura conplectitur. itaque in eo, qui in nave necatus, deinde in mare proiectus esset, decrevit P. Mucius familiam puram, quod os supra terram non exstaret; porcam heredi esse contractam et habendas triduum ferias [et porco femina piaculum pati]; si in mari mortuus esset, eadem praeter piaculum et ferias.

23
58     *Att.* Video quae sint in pontificio iure, sed quaero ecquidnam sit in legibus. *M.* Pauca sane, Tite, et, ut arbitror, non ignota vobis; sed ea non tam ad religionem spectant, quam ad ius sepulcrorum. homin em mortuum, inquit lex in duodecim, in urbe ne sepelito neve urito. credo vel propter ignis periculum. quod autem addit neve urito, indicat, non qui uratur sepeliri, sed qui humetur. *Att.* Quid? qui post xii in urbe sepulti sunt clari viri? *M.* Credo, Tite, fuisse aut

eos, quibus hoc ante hanc legem virtutis causa tributum
est, ut Poplicolae, ut Tuberto, quod eorum posteri iure
tenuerunt, aut eos, si qui hoc, ut C. Fabricius, virtutis
causa soluti legibus consecuti sunt. sed *ut* in urbe sepeliri lex vetat, sic decretum a pontificum collegio, non
esse ius in loco publico fieri sepulcrum. nostis extra
portam Collinam aedem Honoris: aram in eo loco fuisse
memoriae proditum est; ad eam cum lamina esset inventa et in ea scriptum [lamina] HONORIS, ea causa fuit
aedis huius dedicandae. sed cum multa in eo loco sepulcra fuissent, exarata sunt; statuit enim collegium locum publicum non potuisse privata religione obligari.

Iam cetera in XII minuendi sumptus sunt lamentatio- 59
nisque funebris, translata de Solonis fere legibus. hoc
plus, inquit, ne facito: rogum ascea ne polito.
nostis quae sequuntur; discebamus enim pueri XII, ut
carmen necessarium, quas iam nemo discit. extenuato
igitur sumptu [tribus reciniis et † uincla purpurae et
decem tibicinibus] tollit etiam lamentationem: mulieres
genas ne radunto neve lessum funeris ergo habento. hoc veteres interpretes Sex. Aelius, L. Acilius
non satis se intellegere dixerunt, sed suspicari vestimenti
aliquod genus funebris, L. Aelius lessum quasi lugubrem
eiulationem, ut vox ipsa significat; quod eo magis iudico
verum esse, quia lex Solonis id ipsum vetat. haec lau-
dabilia et locupletibus fere cum plebe communia; quod
quidem maxime e natura est, tolli fortunae discrimen
morte. cetera item funebria, quibus luctus augetur, XII ²⁴₆₀
sustulerunt. homini, inquit, mortuo ne ossa legito,
quo post funus faciat. excipit bellicam peregrinam-
que mortem. haec praeterea sunt in legibus: servilis
unctura tollitor omnisque circumpotatio; quae et
recte tolluntur, neque tollerentur, nisi fuissent. ne sumptuosa respersio, ne longae coronae nec acerrae
praetereantur. illa iam significatio est, laudis ornamenta
ad mortuos pertinere, quod coronam virtute partam
et ei, qui peperisset, et eius parenti sine fraude esse lex
inpositam iubet. credoque, quod erat factitatum, ut uni
plura *funera* fierent lectique plures sternerentur, id quoque ne fieret lege sanctum est. qua in lege cum esset,

neve aurum addito, quam humane excipitur altera
[lege], ut cui auro dentes iuncti escunt, ast im
cum illo sepelirei ureive se fraude esto. et simul
61 illud videtote, aliud habitum esse sepelire et urere. duae
sunt praeterea leges de sepulcris, quarum altera privato-
rum aedificiis, altera ipsis sepulcris cavet: nam quod
rogum bustumve novum vetat propius sexaginta
pedes adici aedis alienas invito domino, incen-
dium ut arceatur vetat; quod autem forum, id est ve-
stibulum sepulcri, bustumve usu capi vetat, tuetur
ius sepulcrorum. haec habemus in XII, sane secundum
naturam, quae norma legis est; reliqua sunt in more,
funus ut indicatur, si quid ludorum, dominusque funeris
62 utatur accenso atque lictoribus: honoratorum virorum
laudes in contione memorentur easque etiam cantus ad
tibicinem prosequatur, cui nomen neniae, quo vocabulo
etiam *apud* Graecos cantus lugubres nominantur.

25     *Q.* Gaudeo nostra iura ad naturam accommodari
maiorumque sapientia admodum delector. *M.* Sed credo,
ut ceteri sumptus, sic etiam sepulcrorum modum recte
requiri: quos enim ad sumptus progressa iam ista res
sit, in C. Figuli sepulcro vidisse *te* credo. minimam
olim istius rei fuisse cupiditatem, multa exstant exempla
maiorum. nostrae quidem legis interpretes, quo capite
iubentur sumptus et luctum removere a deorum Manium iure, hoc intellegant in primis, sepulcrorum magni-
63 ficentiam esse minuendam. nec haec a sapientissimis
legum scriptoribus neglecta sunt: nam et Athenis iam
ille mos a Cecrope, ut aiunt, permansit, corpus terra
humandi, quod cum proxumi fecerant obductaque terra
erat, frugibus obserebatur, ut sinus et gremium quasi
matris mortuo tribueretur, solum autem frugibus expia-
tum ut vivis redderetur; sequebantur epulae, quas ini-
rent propinqui coronati, apud quos de mortui laude cum
quicquid veri erat praedicatum — nam mentiri nefas
64 habebatur —, iusta confecta erant. postea cum, ut
scribit Phalereus, sumptuosa fieri funera et lamentabilia
coepissent, Solonis lege sublata sunt: quam legem eisdem prope verbis nostri decemviri in decimam tabulam
coniecerunt; nam de tribus reciniis et pleraque illa So-

lonis sunt. de lamentis vero expressa verbis sunt: mulieres genas ne. radunto neve leasum funeris ergo habento.

De sepulcris autem nihil est apud Solonem amplius 26 quam 'ne quis ea deleat neve alienum inferat', poenaque est, 'si quis bustum — nam id puto appellari τύμβον — aut monimentum' inquit 'aut columnam violarit, deiecerit, fregerit.' sed post aliquanto propter has amplitudines sepulcrorum, quas in Ceramico vidimus, lege sanctum est 'ne quis sepulcrum faceret operosius quam quod decem homines effecerint triduo'; neque id opere 65 tectorio exornari nec hermas quos vocant licebat inponi, nec de mortui laude nisi in publicis sepulturis nec ab alio, nisi qui publice ad eam rem constitutus esset, dici licebat. sublata etiam erat celebritas virorum ac mulierum, quo lamentatio minueretur; auget enim luctum concursus hominum. quocirca Pittacus omnino acce- 66 dere quemquam vetat in funus alienorum. sed ait rursus idem Demetrius increbruisse eam funerum sepulcrorumque magnificentiam, quae nunc fere Romae est: quam consuetudinem lege minuit ipse; fuit enim hic vir, ut scitis, non solum eruditissimus, sed etiam civis e re publica maxime tuendaeque civitatis peritissimus. is igitur sumptum minuit non solum poena, sed etiam tempore; ante lucem enim iussit efferri. sepulcris autem novis finivit modum; nam super terrae tumulum noluit quid*quam* statui nisi columellam tribus cubitis ne altiorem aut mensam aut labellum, et huic procurationi certum magistratum praefecerat.

Haec igitur Athenienses tui. sed videamus Plato- 27/67 nem, qui iusta funerum réicit ad interpretes religionum: quem nos morem tenemus. de sepulcris autem dicit haec: vetat ex agro culto eove, qui coli possit, ullam partem sumi sepulcro; sed quae natura agri tantum modo efficere possit, ut mortuorum corpora sine detrimento vivorum recipiat, ea potissimum ut conpleatur: quae autem terra fruges ferre et ut mater cibos suppeditare possit, eam ne quis nobis minuat neve vivus neve mortuus. exstrui autem vetat sepulcrum altius quam 68 quod *quinque homines* quinque diebus absolverint, nec e

lapide excitari plus nec inponi quam quod capiat laudem
mortui, incisam ne plus quattuor herois versibus, quos
longos appellat Ennius. habemus igitur huius quoque
auctoritatem de sepulcris summi viri, a quo item funerum sumptus praefinitur ex censibus a minis quinque
usque ad minam. [deinceps dicit eadem illa de inmor-
talitate animorum et reliqua post mortem tranquillitate
bonorum, poenis inpiorum.]

69     Habetis igitur explicatum omnem, ut arbitror, religionum locum. *Q.* Nos vero, frater, et copiose quidem.
sed perge cetera. *M.* Pergam equidem, et quoniam
libitum est vobis me ad haec inpellere, hodierno sermone
conficiam, spero, hoc praesertim die: video enim Platonem idem fecisse omnemque orationem eius de legibus
peroratam esse uno aestivo die. sic igitur faciam et
dicam de magistratibus; id enim est profecto, quod constituta religione rem publicam contineat maxime. *Att.*
Tu vero dic et istam rationem quam coepisti tene.

# M. TULLII CICERONIS
## DE LEGIBUS
### LIBER TERTIUS.

### ARGUMENTUM.

Dis immortalibus proximi et dignitate et potestate sunt magistratus. Itaque constituta religione statim Cicero de magistratibus leges eodem modo prooemio et explicatione adiectis subiecit, quibus eorum genera, potestas imperiumque definiuntur. Ita autem sapienter a maioribus tota haec rei publicae pars constituta videbatur, ut non multum in ea novandum putaret. Itaque descriptionem magistratuum Romanam retinuit nec multum attulit novi. Explicationis magna pars interiit; in ea autem, quae mansit, egregiae et sapientes de legationibus liberis, de potestate tribunicia, de senatus sanctitate et integritate, de legibus tabellariis etc. disputationes reperiuntur. In epilogo significantur librorum, qui interciderunt, consequentium summaria.

---

*Marcus.* Sequar igitur, ut institui, divinum illum virum, quem quadam admiratione commotus saepius fortasse laudo quam necesse est. *Att.* Platonem videlicet dicis. *M.* Istum ipsum, Attice. *Att.* Tu vero eum nec nimis valde umquam nec nimis saepe laudaveris; nam hoc mihi etiam nostri illi, qui neminem nisi suum laudari volunt, concedunt, ut eum arbitratu meo diligam. *M.* Bene hercle faciunt. quid enim est elegantia tua dignius? cuius et vita et oratio consecuta mihi videtur difficillimam illam societatem gravitatis cum humanitate. *Att.* Sane gaudeo, quod te interpellavi, quoniam quidem tam praeclarum mihi dedisti iudicii tui testimonium; sed perge, ut coeperas. *M.* Laudemus igitur prius legem ipsam veris et propriis generis sui laudibus. *Att.* Sane quidem, sicut de religionum lege fecisti. *M.* Videtis igitur magistratus hanc esse vim, ut praesit praescribatque recta et utilia et coniuncta cum legibus: ut

enim magistratibus leges, ita populo praesunt magistratus, vereque dici potest magistratum legem esse loquen-
tem, legem autem mutum magistratum. nihil porro
tam aptum est ad ius condicionemque naturae — quod
cum dico, legem a me dici intellegi volo — quam im-
perium, sine quo nec domus ulla nec civitas nec gens
nec hominum universum genus stare nec rerum natura
omnis nec ipse mundus potest; nam et hic deo paret et
huic oboediunt maria terraeque et hominum vita iussis
supremae legis obtemperat. atque ut ad haec citeriora
veniam et notiora nobis, omnes antiquae gentes regibus
quondam paruerunt: quod genus imperii primum ad homines iustissimos et sapientissimos deferebatur, idque
vel in re publica nostra maxime valuit, quoad ei regalis
potestas praefuit, deinde etiam deinceps posteris prode-
batur, quod in iis etiam, qui nunc regnant, manet; quibus autem regia potestas non placuit, non ii nemini, sed
non semper uni parere voluerunt. nos autem, quoniam
leges damus liberis populis, quaeque de optima re publica sentiremus, in sex libris ante diximus, accommo-
dabimus hoc tempore leges ad illum, quem probamus,
civitatis statum. magistratibus igitur opus est, sine quorum prudentia ac diligentia esse civitas non potest, quorumque discriptione omnis rei publicae moderatio conti-
netur; neque solum iis praescribendus est imperandi, sed
etiam civibus obtemperandi modus: nam et qui bene
imperat paruerit aliquando necesse est, et qui modeste
paret videtur qui aliquando imperet dignus esse. itaque
oportet et eum, qui paret, sperare se aliquo tempore im-
peraturum et illum, qui imperat, cogitare brevi tempore
sibi esse parendum. nec vero solum ut obtemperent
oboediantque magistratibus, sed etiam ut eos colant dili-
gantque praescribimus, ut Charondas in suis facit legibus; noster vero Plato Titanum e genere statuit eos,
qui ut illi caelestibus, sic hi adversentur magistratibus.
quae cum ita sint, ad ipsas iam leges veniamus, si placet. *Att.* Mihi vero et istud et ordo iste rerum placet.

*M.* Iusta imperia sunto, isque cives modeste
ac sine recusatione parento: magistratus nec
oboedientem et noxium civem multa, vinculis

verberibusve coherceto, ni par maiorve potestas
populusve prohibessit, ad quos provocatio esto.
cum magistratus iudicassit inrogassitve, per
populum multae poenae certatio esto. militiae
ab eo qui imperabit provocatio ne esto, quodque is, qui bellum geret, imperassit, ius ratum-
que esto.

Minores magistratus partiti iuris ploeres im
ploera sunto. militiae, quibus iussi erunt, im-
peranto eorumque tribuni sunto: domi pecuniam publicam custodiunto, vincula sontium
servanto, capitalia vindicanto, aes argentum
aurumve publice signanto, litis contractas iudi-
canto, quodcumque senatus creverit agunto.

Suntoque aediles curatores urbis annonae 7
ludorumque sollemnium, ollisque ad honoris
amplioris gradum is primus ascensus esto.

Censores populi aevitates, suboles, familias
pecuniasque censento, urbis tecta templa, vias
aquas, aerarium vectigalia tuento, populique
partis in tribus discribunto, exin pecunias, aevitates, ordines partiunto, equitum peditumque
prolem describunto, caelibes esse prohibento,
mores populi regunto, probrum in senatu ne relinquunto: bini sunto, magistratum quinquen-
nium habento [reliqui magistratus annui sunto]
eaque potestas semper esto.

Iuris disceptator, qui privata iudicet iudica- 8
rive iubeat, praetor esto: is iuris civilis custos
esto: huic potestate pari quotcumque senatus
creverit populusve iusserit, tot sunto.

Regio imperio duo sunto, iique praeeundo,
iudicando, consulendo praetores, iudices, consules appellamino: militiae summum ius habento, nemini parento: ollis salus populi su-
prema lex esto.

Eumdem magistratum, ni interfuerint decem 9
anni, ne quis capito: aevitatem annali lege servanto.

Ast quando duellum gravius, discordiae civium escunt, oenus ne amplius sex menses, si senatus creverit, idem iuris quod duo consules teneto, isque ave sinistra dictus populi magister esto: equitatumque qui regat habeto pari iure cum eo, quicumque erit iuris disceptator.

Ast quando consules magisterve populi nec escunt, reliqui magistratus ne sunto: auspicia patrum sunto, ollique ec se produnto, qui comitiatu creare consules rite possiet.

Imperia, potestates, legationes, cum senatus creverit populusve iusserit, ex urbe exeunto, duella iusta iuste gerunto, sociis parcunto, se et suos continento, populi sui gloriam augento, domum cum laude redeunto.

Rei suae ergo ne quis legatus esto.

Plebes quos pro se contra vim auxilii ergo decem creassit, ei tribuni eius sunto, quodque ii prohibessint quodque plebem rogassint, ratum esto: sanctique sunto neve plebem orbam tribunis relinquunto.

10    Omnes magistratus auspicium iudiciumque habento, exque is senatus esto: eius decreta rata sunto. ast potestas par maiorve prohibessit, perscripta servanto.

Is ordo vitio vacato, ceteris specimen esto.

Creatio magistratuum, iudicia populi, iussa vetita cum suffragio cosciscentur, optumatibus nota, plebi libera sunto.

4    Ast quid erit, quod extra magistratus coerari oesus sit, qui coeret populus creato eique ius coerandi dato.

Cum populo patribusque agendi ius esto consuli, praetori, magistro populi equitumque eique, quem patres produnt consulum rogandorum ergo; tribunisque, quos sibi plebes creassit, ius esto cum patribus agendi: idem ad plebem quod oesus erit ferunto.

Quae cum populo quaeque in patribus agentur, modica sunto.

11    Senatori, qui nec aderit, aut causa aut culpa

esto: loco senator et modo orato, causas populi
teneto.

Vis in populo abesto. par maiorve potestas
plus valeto. ast quid turbassitur in agendo,
fraus actoris esto. intercessor rei malae salutaris civis esto.

Qui agent, auspicia servanto, auguri publico
parento, promulgata, proposita, in aerario cognita agunto, nec plus quam de singulis rebus
semul consulunto, rem populum docento, doceri
a magistratibus privatisque patiunto.

Privilegia ne inroganto: de capite civis nisi
per maximum comitiatum ollosque, quos censores in partibus populi locassint, ne ferunto.

Donum ne capiunto neve danto neve petenda
neve gerenda neve gesta potestate. quod quis
earum rerum migrassit, noxiae poena par esto.

Censores fidem legum custodiunto: privati
ad eos acta referunto nec eo magis lege liberi
sunto.

Lex recitata est: discedere et tabellam iubebo dari.

*Q.* Quam brevi, frater, in conspectu posita est a te
omnium magistratuum discriptio, sed ea paene nostrae
civitatis, etsi a te paulum adlatum est novi. *M.* Rectissime, Quinte, animadvertis; haec est enim, quam Scipio
laudat in *illis* libris et quam maxime probat tempera-
tionem rei publicae, quae effici non potuisset nisi tali
discriptione magistratuum. nam sic habetote, magistratibus iisque, qui praesint, contineri rem publicam et ex
eorum conpositione, quod cuiusque rei publicae genus
sit, intellegi. quae res cum sapientissime moderatissi-
meque constituta esset a maioribus nostris, nihil habui
sane, non *modo* multum, quod putarem novandum in legibus. *Att.* Reddes igitur nobis, ut in religionis lege
fecisti admonitu et rogatu meo, sic de magistratibus, [ut
disputes,] quibus de causis maxime placeat ista discriptio. *M.* Faciam, Attice, ut vis, et locum istum totum,
ut a doctissimis Graeciae quaesitum et disputatum est,
explicabo et, ut institui, nostra iura attingam. *Att.*
Istud maxime exspecto disserendi genus. *M.* Atqui

pleraque sunt dicta in illis libris, [quod faciendum fuit,] cum de optuma re publica quaereretur; sed huius loci [de magistratibus] sunt propria quaedam, a Theophrasto primum, deinde a Diogene Stoico quaesita subtilius.

6
14
 *Att.* Ain tandem? etiam a Stoicis ista tractata sunt? *M.* Non sane nisi ab eo, quem modo nominavi, et postea a magno homine et in primis erudito, Panaetio. nam veteres verbo tenus acute illi quidem, sed non ad hunc usum popularem atque civilem, de re publica disserebant: ab hac familia magis ista manarunt Platone principe. post Aristoteles inlustravit omnem hunc civilem in disputando locum Heraclidesque Ponticus profectus ab eodem Platone; Theophrastus vero, institutus ab Aristotele, habitavit, ut scitis, in eo genere rerum, ab eodemque Aristotele doctus Dicaearchus huic rationi studioque non defuit. post a Theophrasto Phalereus ille Demetrius, de quo feci supra mentionem, mirabiliter doctrinam ex umbraculis eruditorum otioque non modo in solem atque in pulverem, sed in ipsum discrimen aciemque produxit: nam et mediocriter doctos magnos in re publica viros et doctissimos homines non nimis in re publica versatos multos commemorare possumus; qui vero utraque re excelleret, ut et doctrinae studiis et regenda civitate princeps esset, quis facile praeter hunc inveniri potest? *Att.* Puto posse et quidem aliquem de tribus nobis: sed perge, ut coeperas.

7
15
 *M.* Quaesitum igitur ab illis est, placeret*ne* unum in civitate esse magistratum, cui reliqui parerent, quod exactis regibus intellego placuisse nostris maioribus; sed quoniam regale civitatis genus, probatum quondam, postea non tam regni quam regis vitiis repudiatum est, nomen tantum videbitur regis repudiatum, res manebit, 16 si unus omnibus reliquis magistratibus imperabit. qua re nec ephori Lacedaemone sine causa a Theopompo oppositi regibus nec apud nos consulibus tribuni. nam illud quidem ipsum, quod in iure positum est, habet consul, ut ei reliqui magistratus omnes pareant excepto tribuno, qui post exstitit, ne id, quod fuerat, esset. hoc enim primum minuit consulare ius, quod exstitit ipse qui eo non teneretur, deinde quod attulit auxilium reli-

quis non modo magistratibus, sed etiam privatis consuli
non parentibus. *Q.* Magnum dicis malum; nam ista 17
potestate nata gravitas optimatium cecidit convaluitque
vis multitudinis. *M.* Non est, Quinte, ita. non ius enim
illud solum superbius populo et violentius videri necesse
erat, quo postea quam modica et sapiens temperatio accessit, † conuertem lex in omnis est * * *

Domum cum laude redeunto; nihil enim praeter 8
laudem bonis atque innocentibus neque ex hostibus ne-      18
que a sociis reportandum. iam illud apertum est profecto,
nihil esse turpius quam quemquam legari nisi rei publicae causa. omitto quem ad modum isti se gerant atque
gesserint, qui legatione hereditates aut syngraphas suas
persequuntur — in hominibus est hoc fortasse vitium —,
sed quaero, quid reapse sit turpius quam sine procura-
tione senator legatus, sine mandatis, sine ullo rei publicae munere? quod quidem genus legationis ego consul,
quamquam ad commodum senatus pertinere videbatur,
tamen adprobante senatu frequentissimo, nisi mihi levis
tribunus plebis tum intercessisset, sustulissem. minui
tamen tempus et, quod erat infinitum, annuum feci. ita
turpitudo manet diuturnitate sublata. sed iam, si placet,
de provinciis decedatur in urbemque redeatur. *Att.* Nobis vero placet, sed his, qui in provinciis sunt, minime
placet. *M.* At vero, Tite, si parebunt his legibus, nihil 19
erit iis urbe, nihil domo sua dulcius, nec laboriosius mo-
lestiusque provincia.

[Sed] sequitur lex, quae sancit eam tribunorum plebis potestatem, quae *est* in re publica nostra: de qua
disseri nihil necesse est. *Q.* At me hercule ego, frater,
quaero, de ista potestate quid sentias; nam mihi quidem
pestifera videtur, quippe quae in seditione et ad seditionem nata sit: cuius primum ortum si recordari volumus,
inter arma civium et occupatis et obsessis urbis locis
procreatum vidimus; deinde cum esset cito necatus tamquam ex xii tabulis insignis ad deformitatem puer, brevi
tempore nescio quo pacto recreatus multoque taetrior et
foedior renatus est. quid enim ille non edidit? qui pri- 9
mum, ut inpio dignum fuit, patribus omnem honorem
eripuit, omnia infima summis paria fecit, turbavit, mi-

scuit; cum adflixisset principum gravitatem, numquam
20 tamen conquievit. namque ut C. Flaminium atque ea,
quae iam prisca videntur propter vetustatem, relinquam,
quid iuris bonis viris Tiberii Gracchi tribunatus reliquit?
etsi quinquennio ante Decimum Brutum et P. Scipionem
consules — quos et quantos viros! — homo omnium in-
fimus et sordidissimus, tribunus pl. C. Curiatius in vincula coniecit, quod ante factum non erat. C. vero Gracchus ruinis et iis sicis, quas ipse se proiecisse in forum
dixit, quibus digladiarentur inter se cives, nonne omnem
rei publicae statum perturbavit? quid iam de Satur-
nino, Sulpicio, reliquis dicam? quos ne depellere quidem
21 a se sine ferro potuit res publica. cur autem aut vetera
aut aliena proferam potius quam et nostra et recentia?
quis umquam tam audax, tam nobis inimicus fuisset, ut
cogitaret umquam de statu nostro labefactando, nisi
mucronem aliquem tribunicium exacuisset in nos? quem
cum homines scelerati ac perditi non modo ulla in domo,
sed nulla in gente reperirent, gentis sibi in tenebris rei
publicae perturbandas putaverunt. quod nobis quidem
egregium et ad inmortalitatem memoriae gloriosum, neminem in nos mercede ulla tribunum potuisse reperiri,
22 nisi cui ne esse quidem licuisset tribuno. sed ille quas
strages edidit! eas videlicet, quas sine ratione ac sine
ulla spe bona furor edere potuit inpurae beluae multorum inflammatus furoribus. quam ob rem in ista quidem re vehementer Sullam probo, qui tribunis pl. sua
lege iniuriae faciendae potestatem ademerit, auxilii fe-
rendi reliquerit, Pompeiumque nostrum ceteris rebus
omnibus semper amplissimis summisque ecfero laudibus,
de tribunicia potestate taceo; nec enim reprehendere
10 libet nec laudare possum. *M.* Vitia quidem tribunatus
23 praeclare, Quinte, perspicis, sed est iniqua in omni re
accusanda praetermissis bonis malorum enumeratio vitio-
rumque selectio; nam isto quidem modo vel consulatus
vituperari potest, si consulum, quos enumerare nolo,
peccata conlegeris; ego enim fateor in ista ipsa potestate inesse quiddam mali, sed bonum, quod est quaesitum in ea, sine isto malo non haberemus. 'nimia potestas est tribunorum pl.' quis negat? sed vis populi

multo saevior multoque vehementior, quae, ducem quod
habet, interdum lenior est, quam si nullum haberet; dux
enim suo *se* periculo progredi cogitat, populi impetus
periculi rationem sui non habet. 'at aliquando incendi- 24
tur.' et quidem saepe sedatur. quod enim est tam de-
speratum collegium, in quo nemo e decem sana mente
sit? quin ipsum Ti. Gracchum non solum neglectus, sed
etiam sublatus intercessor evertit; quid enim illum aliud
perculit nisi quod potestatem intercedenti collegae abro-
gavit? sed tu sapientiam maiorum in illo vide: con-
cessa plebi a patribus ista potestate arma ceciderunt,
restincta seditio est, inventum est temperamentum, quo
tenuiores cum principibus aequari se putarent, in quo
uno fuit civitatis salus. 'at duo Gracchi fuerunt.' et
praeter eos quamvis enumeres multos licet, cum deni
creentur, non nullos in omni memoria reperies pernicio-
sos tribunos, leves etiam quam bonos fortasse plures:
invidia quidem summus ordo caret, plebes de suo iure
periculosas contentiones nullas facit. quam ob rem aut 25
exigendi reges non fuerunt aut plebi re, non verbo danda
libertas: quae tamen sic data est, ut multis praeclaris
institutis adduceretur, ut auctoritati principum cederet.
nostra autem causa, quae, optume et dulcissume frater, 11
incidit in tribuniciam potestatem, nihil habuit contentionis cum tribunatu; non enim plebes [incitata] nostris
rebus invidit, sed vincula soluta sunt et servitia incitata,
adiuncto terrore etiam militari. neque nobis cum illa
tum peste certamen fuit, sed cum gravissimo rei publicae tempore, cui *nisi* cessissem, non diuturnum beneficii
mei patria fructum tulisset. atque haec rei exitus indi-
cavit: quis enim non modo liber, *sed* servus libertate
dignus fuit, cui nostra salus cara non esset? quod si is 26
casus fuisset rerum, quas pro salute rei publicae gessi-
mus, ut non omnibus gratus esset, et si nos multitudinis furentis inflammata invidia pepulisset tribuniciaque
vis in me populum, sicut Gracchus in Laenatem, Satur-
ninus in Metellum, incitasset, ferremus, o Quinte frater,
consolarenturque nos non tam philosophi, qui Athenis
fuerunt, [qui hoc facere debent,] quam clarissimi viri,
qui illa urbe pulsi carere ingrata civitate quam manere

*in* inproba maluerunt. Pompeium vero quod una ista
in re non ita valde probas, vix satis mihi illud videris
attendere, non solum ei quid esset optimum videndum
fuisse, sed etiam quid necessarium: sensit enim deberi
non posse huic civitati illam potestatem; quippe quam
tanto opere populus noster ignotam expetisset, qui posset carere cognita? sapientis autem civis fuit causam
nec perniciosam et ita popularem, ut non posset obsisti,
perniciose populari civi non relinquere. scis solere,
frater, in huius modi sermone, ut transiri alio possit, dici
'admodum' aut 'prorsus ita est.' *Q.* Haud equidem adsentior, tu tamen ad reliqua pergas velim. *M.* Perseve-
ras tu quidem et in tua vetere sententia permanes. *Att.*
Nec me hercule ego sane a Quinto nostro dissentio, sed
ea quae restant audiamus.

12
27

*M.* Deinceps igitur omnibus magistratibus auspicia
et iudicia dantur: iudicia, ut esset populi potestas, ad
quam provocaretur, auspicia, ut multos inutilis comitiatus probabiles inpedirent morae; saepe enim populi im-
petum iniustum auspiciis di inmortales represserunt. ex
iis autem, qui magistratum ceperunt, quod senatus efficitur, populare *est* sane neminem in summum locum nisi
per populum venire sublata cooptatione censoria. sed
praesto est huius vitii temperatio, quod senatus lege no-
28 stra confirmatur auctoritas; sequitur enim: eius decreta
rata sunto. nam ita se res habet, ut, si senatus domi-
nus sit publici consilii quodque is creverit defendant
omnes, et, si ordines reliqui principis ordinis consilio
rem publicam gubernari velint, possit ex temperatione
iuris, cum potestas in populo, auctoritas in senatu sit,
teneri ille moderatus et concors civitatis status, praesertim si proximae legi parebitur; nam proximum est: is
ordo vitio careto, ceteris specimen esto. *Q.* Praeclara vero, frater, ista lex *est,* sed et late patet ut vitio ca-
29 reat ordo et censorem quaerit interpretem. *Att.* Ille vero
etsi tuus est totus ordo gratissimamque memoriam re-
tinet consulatus tui, pace tua dixerim, non modo censo-
13 res, sed etiam iudices omnis potest defatigare. *M.* Omitte
ista, Attice; non enim de hoc senatu nec iis de hominibus, qui nunc sunt, sed de futuris, si qui forte his legi-

bus parere voluerint, haec habetur oratio: nam cum
omni vitio carere lex iubeat, ne veniet quidem in eum
ordinem quisquam vitii particeps. id autem difficile
factu est nisi educatione quadam et disciplina, de qua
dicemus aliquid fortasse, si quid fuerit loci aut temporis.
*Att.* Locus certe non deerit, quoniam tenes ordinem le- 30
gum, tempus vero largitur longitudo diei. ego autem,
etiam si praeterieris, repetam a te istum de educatione
et de disciplina locum. *M.* Tu vero et istum, Attice,
et si quem alium praeteriero. 'ceteris specimen esto.'
quod si *tenemus*, tenemus omnia: ut enim cupiditatibus
principum et vitiis infici solet tota civitas, sic emendari
et corrigi continentia. vir magnus et nobis omnibus amicus, L. Lucullus, ferebatur quasi commodissime respon-
disset, cum esset obiecta magnificentia villae Tuscula-
nae, duo se habere vicinos, superiorem equitem Romanum,
inferiorem libertinum: quorum cum essent magnificae
villae, concedi sibi oportere, quod iis, qui inferioris ordinis essent, liceret. non vides, Luculle, a te id ipsum
natum, ut illi cuperent? quibus id, si tu non faceres, non
liceret. quis enim ferret istos, cum videret eorum villas 31
signis et tabulis refertas, partim publicis, partim etiam sacris et religiosis? quis non frangeret eorum libidines, nisi
illi ipsi, qui eas frangere deberent, cupiditatibus eisdem
tenerentur? nec enim tantum mali est peccare principes, 14
quamquam est magnum hoc per se ipsum malum, quantum illud, quod permulti imitatores principum exsistunt.
nam licet videre, si velis replicare memoriam temporum,
qualescumque summi civitatis viri fuerint, talem civitatem fuisse; quaecumque mutatio morum in principibus
exstiterit, eandem in populo secutam. idque haud paulo 32
est verius quam quod Platoni nostro placet, qui musico-
rum cantibus ait mutatis mutari civitatum status: ego
autem nobilium vita victuque mutato mores mutari civitatum puto; quo perniciosius de re publica merentur
vitiosi principes, quod non solum vitia concipiunt ipsi,
sed ea infundunt in civitatem, neque solum obsunt, quod
ipsi corrumpuntur, sed etiam quod corrumpunt plusque
exemplo quam peccato nocent. atque haec lex, dilatata
in ordinem cunctum, coangustari etiam potest; pauci

enim atque admodum pauci honore et gloria amplificati vel corrumpere mores civitatis vel corrigere possunt. sed haec et nunc satis et in illis libris tractata sunt diligentius: qua re ad reliqua veniamus.

15
33     Proximum autem est de suffragiis, quae iubeo nota esse optimatibus, populo libera. *Att.* Ita me hercule attendi, nec satis intellexi quid sibi lex aut quid verba ista vellent. *M.* Dicam, Tite, et versabor in re difficili ac multum et saepe quaesita, suffragia [in magistratu mandando ac de reo iudicando atque in legum rogatione] clam an palam ferri melius esset. *Q.* An etiam id dubium est? vereor ne a te rursus dissentiam. *M.* Non facies, Quinte. nam ego in ista sum sententia, qua te fuisse semper scio, nihil ut fuerit in suffragiis voce melius, sed obtinerine iam possit videndum est. *Q.* Atqui,
34 frater, bona tua venia dixerim, ista sententia maxime et fallit inperitos et obest saepissime rei publicae, cum aliquid verum et rectum esse dicitur, sed obtineri, id est, obsisti posse populo negatur. primum enim obsistitur, cum agitur severe; deinde vi opprimi in bona causa est melius quam malae cedere. quis autem non sentit omnem auctoritatem optimatium tabellariam legem abstulisse? quam populus liber numquam desideravit, idem oppressus dominatu ac potentia principum flagitavit. itaque graviora iudicia de potentissimis hominibus exstant vocis quam tabellae. quam ob rem suffragandi nimia libido in non bonis causis eripienda fuit potentibus, non latebra danda populo, in qua bonis ignorantibus, quid quisque sentiret, tabella vitiosum occultaret suffragium. itaque isti rationi neque lator quisquam est
16
35 inventus nec auctor umquam bonus. sunt enim quattuor leges tabellariae, quarum prima de magistratibus mandandis: ea est Gabinia, lata ab homine ignoto et sordido. secuta biennio post Cassia est de populi iudiciis, a nobili homine lata, L. Cassio, sed — pace familiae dixerim — dissidente a bonis atque omnis rumusculos popularis aurae aucupante. Carbonis est tertia de iubendis legibus ac vetandis, seditiosi atque inprobi civis, cui ne reditus quidem ad bonos salutem a bonis potuit adferre. uno in genere relinqui videbatur vocis suffragium,

quod ipse Cassius exceperat, perduellionis: dedit huic quoque iudicio C. Caelius tabellam doluitque, quoad vixit, se, ut opprimeret C. Popilium, nocuisse rei publicae. et avus quidem noster singulari virtute in hoc municipio, quoad vixit, restitit M. Gratidio, cuius in matrimonio sororem, aviam nostram, habebat, ferenti legem tabellariam: excitabat enim fluctus in simpulo, ut dicitur, Gratidius, quos post filius eius in Aegaeo excitavit mari. ac nostro quidem avo, cum res esset ad senatum delata, M. Scaurus consul 'utinam,' inquit 'M. Cicero, isto animo atque virtute in summa re publica nobiscum versari quam in municipali maluisses!' quam ob rem, 37 quoniam non recognoscimus nunc leges populi Romani, sed aut repetimus ereptas aut novas scribimus, non quid hoc populo obtineri possit, sed quid optimum sit tibi dicendum puto. nam Cassiae legis culpam Scipio tuus sustinet, quo auctore lata esse dicitur. tu, si tabellariam tuleris, ipse praestabis; nec enim mihi placet nec Attico nostro, quantum e voltu eius intellego. *Att.* Mihi 17 vero nihil umquam populare placuit eamque optimam rem publicam esse dico, quam hic consul constituerat, quae sit in potestate optimorum. *M.* Vos quidem, ut 38 video, legem antiquastis sine tabella. sed ego, etsi satis dixit pro se in illis libris Scipio, tamen ita libertatem istam largior populo, ut auctoritate et valeant et utantur boni; sic enim a me recitata lex est de suffragiis: 'optimatibus nota, plebi libera sunto.' quae lex hanc sententiam continet, ut omnis leges tollat, quae postea latae sunt, quae tegunt omni ratione suffragium, ne quis inspiciat tabellam, ne roget, ne appellet; pontis etiam lex Maria fecit angustos. quae si opposita sunt ambitiosis, 39 ut sunt fere, non reprehendo; sin valuerint tantum leges, ut desinat ambitus, habeat sane populus tabellam quasi vindicem libertatis, dum modo haec optimo cuique et gravissimo civi ostendatur ultroque offeratur, ut in eo sit ipso libertas, in quo populo potestas honeste bonis gratificandi datur. eoque nunc fit illud, quod a te modo, Quinte, dictum est, ut minus multos tabella condemnet, quam solebat vox, quia populo licere satis est: hoc retento reliqua voluntas auctoritati aut gratiae traditur.

20*

itaque, ut omittam largitione corrupta suffragia, non vides, si quando ambitus sileat, quaeri in suffragiis quid
optimi viri sentiant? quam ob rem lege nostra libertatis
species datur, auctoritas bonorum retinetur, contentionis
causa tollitur.

18
40
Deinde sequitur, quibus ius sit cum populo agendi
aut cum senatu. gravis et, ut arbitror, praeclara est
lex: '*quae cum populo* quaeque in patribus agentur, modica sunto,' id est modesta atque sedata; actor enim
moderatur et fingit non modo mentem ac voluntates, sed
paene voltus eorum, apud quos agit. quod est in senatu
non difficile; est enim senator is, cuius non ad auctorem
referatur animus, sed qui per se ipse spectari velit. huic
iussa tria sunt: ut adsit; nam gravitatem res habet, cum
frequens ordo est; ut loco dicat, id est rogatus; ut modo,
ne sit infinitus; nam brevitas non modo senatoris, sed
etiam oratoris magna laus est [in sententia], nec est umquam longa oratione utendum, nisi aut peccante senatu,
quod fit ambitione saepissime, nullo magistratu adiu-
vante tolli diem utile est, aut cum tanta causa est, ut
opus sit oratoris copia vel ad hortandum vel ad docen-
dum; quorum generum in utroque magnus noster Cato
41 est. quodque addit 'causas populi teneto', est senatori
necessarium nosse rem publicam, idque late patet: quid
habeat militum, quid valeat aerario, quos socios [res pu-
blica] habeat, quos amicos, quos stipendiarios, qua quisque sit lege, condicione, foedere; tenere consuetudinem
decernendi, nosse exempla maiorum. videtis iam genus
hoc omne esse scientiae, diligentiae, memoriae, sine quo
paratus esse senator nullo pacto potest.

42 Deinceps sunt cum populo actiones, in quibus primum et maximum: 'vis abesto.' nihil est enim exitiosius
civitatibus, nihil tam contrarium iuri ac legibus, nihil
minus civile et humanum quam conposita et constituta
re publica quicquam agi per vim. parere iubet interces-
sori, quo nihil praestantius; inpediri enim bonam rem
19 melius quam concedi malae. quod vero actoris iubeo
esse fraudem, id totum dixi ex Crassi, sapientissimi hominis, sententia: quem est senatus secutus, cum decre-
visset C. Claudio consule de Cn. Carbonis seditione re-

ferente, invito eo, qui cum populo ageret, seditionem
non posse fieri, quippe cui liceat concilium, simul atque
intercessum turbarique coeptum sit, dimittere. quod qui
permovet, cum agi nihil potest, vim quaerit, cuius inpu-
nitatem amittit hac lege. sequitur illud: 'intercessor rei **43**
malae salutaris civis esto.' quis non studiose rei publicae subvenerit hac tam praeclara legis voce laudatus?
sunt deinde posita deinceps, quae habemus etiam in publicis institutis atque legibus: 'auspicia servanto, auguri
p. parento.' est autem boni auguris meminisse *se* maximis rei publicae temporibus praesto esse debere Iovique
optimo maximo se consiliarium atque administrum da-
'tum, ut sibi eos, quos in auspicio esse iusserit, caelique
partis sibi definitas esse traditas, e quibus saepe opem
rei publicae ferre possit. deinde de promulgatione, de
singulis rebus agendis, de privatis magistratibusve au-
diendis.

Tum leges praeclarissimae de duodecim tabulis tra- **44**
latae duae, quarum altera privilegia tollit, altera de capite civis rogari nisi maximo comitiatu vetat. et nondum inventis seditiosis tribunis pl., ne cogitatis quidem,
admirandum tantum maiores in posterum providisse. in
privatos homines leges ferri noluerunt; id est enim pri-
vilegium: quo quid est iniustius? cum legis haec vis sit,
*ut sit* scitum et iussum in omnis. ferri de singulis nisi
centuriatis comitiis noluerunt; discriptus enim populus
censu, ordinibus, aetatibus plus adhibet ad suffragium
consilii quam fuse in tribus convocatus. quo verius in **45**
causa nostra vir magni ingenii summaque prudentia, L.
Cotta, dicebat nihil omnino actum esse de nobis; praeter enim quam quod omnia illa essent armis gesta servi-
libus, praeterea neque tributa capitis comitia rata esse
posse neque ulla privilegii: quocirca nihil nobis opus
esse lege, de quibus nihil omnino actum esset legibus.
sed visum est et vobis et clarissimis viris melius, de quo
servi et latrones scivisse *se* aliquid dicerent, de hoc eodem cunctam Italiam quid sentiret ostendere.

Sequitur de captis pecuniis et de ambitu; quae cum **20**
magis iudiciis quam verbis sancienda sint, adiungitur **46**
'noxiae poena par esto', ut in suo vitio quisque plectatur:

vis capite, avaritia multa, honoris cupiditas ignominia sanciatur. extremae leges sunt nobis non usitatae, rei publicae necessariae. legum custodiam nullam habemus, itaque eae leges sunt, quas adparitores nostri volunt: a librariis petimus, publicis litteris consignatam memoriam publicam nullam habemus. Graeci hoc diligentius, apud quos νομοφύλακες creabantur; nec ii solum litteras — nam id quidem etiam apud maiores nostros erat —, sed etiam facta hominum observabant

47 ad legesque revocabant. haec detur cura censoribus, quando quidem eos in re publica semper volumus esse: apud eosdem, qui magistratu abierint, edant et exponant, quid in magistratu gesserint, deque iis censores praeiudicent. hoc in Graecia fit publice constitutis accusatoribus, qui quidem graves esse non possunt, nisi sunt voluntarii; quocirca melius *est* rationes referri causamque exponi censoribus, integram tamen legi, accusatori iudicioque servari. sed satis iam disputatum est de magistratibus, nisi forte quid desideratis. *Att.* Quid? si nos tacemus, locus ipse te non admonet, quid tibi sit deinde dicendum? *M.* Mihine? de iudiciis arbitror, Pomponi;

48 id est enim iunctum magistratibus. *Att.* Quid? de iure populi Romani, quem ad modum instituisti, dicendum nihil putas? *M.* Quid tandem hoc loco est quod requiras? *Att.* Egone? quod ignorari ab iis, qui in re publica versantur, turpissimum puto: nam ut modo a te dictum est leges a librariis peti, sic animadverto plerosque in magistratibus ignoratione iuris sui tantum sapere, quantum adparitores velint. quam ob rem, si de sacrorum alienatione dicendum putasti, cum de religione leges proposueras, faciendum tibi est ut, magistratibus

49 lege constitutis, de potestatum iure disputes. *M.* Faciam breviter, si consequi potuero; nam pluribus verbis scripsit ad patrem tuum M. Iunius sodalis, perite meo quidem iudicio et diligenter; nos autem de iure naturae cogitare per nos atque dicere debemus, de iure populi Romani quae relicta sunt et tradita. *Att.* Sic prorsum censeo et id ipsum, quod dicis, exspecto.

# FRAGMENTA
## LIBRORUM DE LEGIBUS.

1. Lactantius instit. div. V, 8. *Nunc autem mali sunt ignoratione recti ac boni. quod quidem Cicero vidit; disputans enim de legibus* Sicut una *inquit* eademque natura mundus omnibus pártibus inter se congruentibus cohaeret ac nititur, sic omnes homines inter se natura confusi pravitate dissentiunt, nec se intellegunt esse consanguineos et subiectos sub unam eandemque tutelam: quod si teneretur, deorum profecto vitam homines viverent.

2. Lactantius inst. div. I, 20. Magnum *Cicero* audaxque consilium suscepisse Graeciam *dicit*, quod Cupidinum et Amorum simulacra in gymnasiis consecrasset; *adulatus est videlicet Attico et irrisit hominem familiarem.*

3. Lactantius inst. div. III, 19. *At illi, qui de mortis bono disputant, sic argumentantur: si nihil est post mortem, non est malum mors; aufert enim sensum mali. si autem supersunt animae, est etiam bonum, quia immortalitas sequitur. quam sententiam Cicero de legibus sic explicavit:* gratulemurque nobis, quoniam mors aut meliorem quam qui est in vita aut certe non deteriorem adlatura est statum; nam sine corpore animo vigente divina vita est, sensu carente nihil profecto est mali.

[4. Augustinus de civ. dei XXI, 11. Octo genera poenarum in legibus esse *scribit Tullius,* damnum, vincula, verbera, talionem, ignominiam, exilium, mortem, servitutem. (*Eadem verba sic affert Isidorus Origg.* V, 27: Octo genera poenarum in legibus contineri *Tullius scripsit,* damnum -- servitutem et mortem. *his namque poenis vindicatur omne perpetratum peccatum.*)

5. Servius ad Verg. Aen. V, 16. *Cicero ait in libris legum:* stipem prohibeo; nam auget superstitionem et exhaurit domos. *dignis igitur largiendum est.*]

6. Macrobius de differentiis et societatibus Graeci Latinique verbi 17, 6. et Auctor incertus de verbo V, 6. ed Ian. p. 160. ed. Endl. *Graeci in coniunctivo modo tempora bina coniungunt; proprium Latinorum est, ut modo indicativa pro coniunctivis, modo coniunctiva pro in-*

*dicativis ponant. Cicero de legibus tertio:* Qui poterit socios tueri, si dilectum rerum utilium et inutilium non habebit?

7. Macrobius Saturn. VI, 4, 8. *Sunt qui aestiment hoc verbum* umbracula *Virgilio auctore conpositum, cum Varro rerum divinarum libro decimo dixerit:* nonnullis magistratibus in oppido id genus umbraculi concessum, *et Cicero in quinto de legibus:* Visne igitur, quoniam sol paululum a meridie iam devexus videtur nequedum satis ab his novellis arboribus omnis hic locus opacatur, descendamus ad Lirim eaque quae restant in illis alnorum umbraculis persequamur?

## DE IURE CIVILI.

Quintilianus XII, 3, 10. *M. Tullius non modo inter agendum numquam est destitutus scientia iuris, sed etiam componere aliqua de eo coeperat, ut appareat posse oratorem non discendo tantum iuri vacare, sed etiam docendo.*

8. Gellius Noct. Att. I, 22, 7. *M. Cicero in libro, qui inscriptus est de iure civili in artem redigendo verba haec posuit:* nec vero scientia iuris maioribus suis Q. Aelius Tubero defuit, doctrina etiam superfuit. *in quo loco* superfuit *significare videtur 'supra fuit et praestitit superavitque maiores suos doctrina sua, superfluenti tamen et nimis abundanti'; disciplinas enim Tubero stoicas et dialecticas percalluerat.*

9. Charisius instit. gramm. I. p. 138, 2 et 13. ed. Keil. *Nobile, si homo vocetur, ablativo per e; nobili, si res aliqua praedicetur. − − Nobile Cicero de iure civili:* aliquo excellente ac nobile viro.